KB076899

ALBERT CAMUS

# L'ÉTRANGER

# 이방인

**1판 1쇄 펴냄**  2023년 9월 15일

**지은이**  알베르 카뮈
**역자**  이주영
**해설**  변광배
**펴낸이**  하진석
**펴낸 곳**  코너스톤
**주소**  서울시 마포구 독막로3길 51
**전화**  02-518-3919
**ISBN**  979-11-90669-56-6  03860

# 이방인

알베르 카뮈

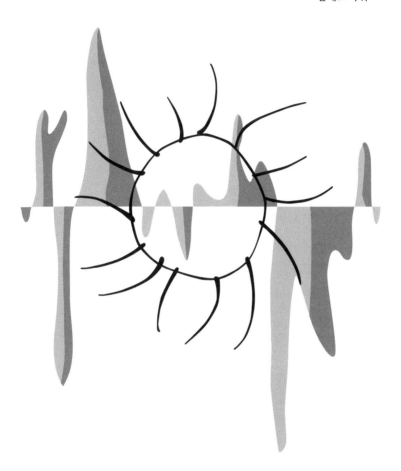

코너스톤
Cornerstone

# 차례

# L'ÉTRANGER

## I

# 1

오늘 엄마가 죽었다. 어쩌면 어제일지도. 모르겠다. 양로원에서 전보 한 통을 받았다. '모친 사망. 내일 장례식. 삼가 조의를 표합니다.' 이것만으로는 알 수가 없다. 어쩌면 어제였나 보다.

양로원은 알제에서 팔십 킬로미터 떨어진 마랭고에 있다. 2시에 버스를 타면 오후 중으로 도착할 것 같다. 그러면 밤샘을 하고 내일 저녁에는 돌아올 수 있다. 사장에게 이틀의 휴가를 신청했다. 거절할 수 없는 이유로 내는 휴가인데도 사장은 탐탁지 않은 눈치였다. 나는 사장에게 이런 말까지 했다. "제 탓은 아닙니다." 사장은 대답하지 않았다. 그때 나는 사장에게 괜한 말을 했다고 생각했다. 요컨대, 내가 변명할 필요는 없었다. 오히려 사장이 내게 삼가 조의를 표하는 것이 맞았다. 하지만 아마도 내일 내가 상복을 입고 있는 모습을 보면 사장은 조의를 표할 것이다. 지금 당장은 엄마가 죽지 않은 것이나 다름없었다. 그러나 장례식을 치르면 엄마의 죽음이 기정사실이 되어 모든 것이 좀 더 공식적인 형태가 될 것이다.

2시에 버스를 탔다. 날씨가 몹시 더웠다. 여느 때와 마찬가지로 셀레스트네 식당에서 점심을 먹었다. 식당 사람들은 모두 나의 일에 마음 아파했다. 셀레스트가 내게 이렇게 말했다. "한 분뿐인 어머님이신데." 내가 식당 밖으로 나올 때는 모두들 문 앞까지 나와서 배웅해주었다. 에마뉘엘의 집에 들러 검은색 넥타이와 상장喪章을 빌려야 했기에 조금 정신이 없는 상태였다. 에마뉘엘은 몇 달 전 친척 아저씨를 여의었다.

버스를 놓치지 않기 위해 뛰어야 했다. 이렇게 서둘러 뛴 데다 흔들리는 버스와 기름 냄새, 거기에 길과 하늘에 반사되는 햇빛이 섞이면서 나는 잠에 빠져들었다. 버스를 타고 가는 내내 잤다. 잠에서 깨어 보니 어느 군인에게 몸을 기대고 있었다. 군인은 내게 미소를 짓고는 먼 곳에서 왔느냐고 물었다. 나는 길게 말하고 싶지 않아서 "예"라고만 대답했다.

양로원은 마을에서 이 킬로미터 떨어진 곳에 있었다. 나는 걸어서 갔다. 당장 엄마를 만나고 싶었다. 하지만 관리인은 내게 원장부터 만나야 한다고 했다. 원장이 바빴기에 나는 조금 기다렸다. 그동안 관리인이 하는 이런저런 이야기를 듣고 난 뒤 나는 원장을 만났다. 원장은 나를 사무실

에서 맞아주었다. 원장은 레지옹 도뇌르 훈장(프랑스의 각
계 분야에 공적을 세운 사람들에게 대통령이 직접 주는 프랑스
최고의 훈장-옮긴이)을 달고 있는 키 작은 노인이었다. 그는
맑은 눈으로 나를 바라봤다. 그러곤 내 손을 잡고 악수를
했는데 어찌나 오래 손을 잡고 있던지 어떻게 손을 빼내야
할지 난감했다. 그는 서류를 검토한 후 말했다. "뫼르소 부
인은 삼 년 전에 들어오셨군요. 부인이 의지한 사람은 아드
님뿐이었고요." 그 말이 나를 나무라는 것처럼 들려 사정
을 말하기 시작했다. 하지만 원장은 내 말을 끊으며 말했
다. "굳이 변명하지 않아도 됩니다. 서류를 읽었는데, 어머
님을 모실 형편이 못 되더군요. 어머님에게는 간병인이 필
요했지만 아드님의 수입은 넉넉지 않고요. 어떻게 보면 어
머님은 여기서 더 행복하셨을 겁니다." 내가 "예, 원장님"
이라고 답하자 그가 말을 이었다. "아시다시피 어머님께는
같은 연배의 친구들이 있었습니다. 어머님은 그분들과 공
통 관심사인 예전 시절 이야기를 나누셨지요. 아드님처럼
젊은 사람과 같이 사셨으면 오히려 지루해하셨을 수도 있
죠."

　그 말은 맞았다. 엄마는 집에 있었을 때 가만히 나를 바
라보면서 시간을 보냈다. 엄마는 양로원에 들어간 처음 며
칠 동안 자주 울었다. 그러나 그것은 익숙하지 않았기 때문
이었다. 양로원에서 지내다 몇 달 후에 데리고 나왔다 해도

엄마는 울었을 것이다. 역시 익숙함 때문에. 작년에 양로원에 찾아가지 않은 것도 약간은 그런 이유에서였다. 양로원에 가면 일요일이 통째로 사라진다는 이유도 있었다. 버스 정류장에 가서 표를 사고 두 시간 동안 버스를 타고 가야 하는 번거로움도 물론 있었고 말이다.

원장이 다시 이야기를 시작했지만 나는 그의 말에 거의 귀를 기울이지 않았다. 이윽고 원장이 말했다. "어머님을 뵙고 싶으시겠죠." 나는 조용히 자리에서 일어났고 원장은 나보다 앞서 문 쪽으로 갔다. 층계에서 원장이 설명했다. "어머님은 빈소로 모셨습니다. 다른 노인분들에게 충격을 주지 않기 위해서죠. 양로원에서는 누군가 한 사람이 죽으면 다른 이들도 이삼일 동안은 신경이 날카로워진답니다. 그러면 일을 하기 어려워지거든요." 우리는 안마당을 지나갔는데 그곳에는 노인들이 많았다. 노인들은 삼삼오오 무리를 지어 이야기를 하고 있었다. 그들은 우리가 다가가면 이야기를 멈추다가, 우리가 지나치면 다시 대화를 이어나갔다. 마치 앵무새들이 낮은 소리로 재잘거리는 것 같았다. 어느 작은 건물의 문 앞에서 원장이 자리를 뜨며 말했다. "그럼 이만 가보겠습니다, 뫼르소 씨. 사무실에 있을 테니 언제든 오십시오. 원칙적으로 장례식은 오전 10시로 정해졌습니다. 그러면 뫼르소 씨가 고인의 곁에서 밤샘을 하실 수도 있을 거예요. 마지막으로 한 말씀 드리면, 어머님께서는 친구들에게 종교의식에 따라 장례를 치렀으면 한다고 자주 말씀하셨던 것으로 압니다. 필요한 준비는 제가 해놓 았습니다만 뫼르소 씨에게도 알려드려야 할 것 같아서요." 나는 원장에게 고맙다고 말했다. 엄마가 무신론자는 아니지만 생전에 한 번도 종교에 대해 생각해 본 적은 없었다.

나는 안으로 들어갔다. 하얗게 석회가 발린, 커다란 유 리창이 나 있는 방으로 매우 밝았다. 방에는 의자들과 X자 모양의 받침대들이 있었다. 방 한가운데에 있는 두 개의 받 침대 위에는 뚜껑을 덮은 관이 놓여 있었다. 호두 기름을 칠한 판자에 살짝 박아놓은 나사못들이 반짝거렸다. 관 가 까이에는 흰색 작업복 차림에 원색의 스카프를 머리에 두 른 아랍인 여자 간호사가 있었다.

그때 내 뒤로 관리인이 들어왔다. 달려온 모양인지 관리 인은 조금 헐떡이며 말했다. "입관을 끝내긴 했지만 어머 님을 보실 수 있게 다시 열어드리겠습니다." 그러면서 그 가 관으로 다가가기에 내가 만류했다. 그가 내게 말했다. "안 보실 겁니까?" 내가 대답했다. "예." 그가 멈칫했다. 나 는 괜한 소리를 한 것 같아 불편했다. 잠시 후 그는 나를 바라보고 물었다. "왜죠?" 나무라는 말투는 아니고 그저 궁 금했던 모양이었다. 내가 말했다. "모르겠습니다." 그러자 그는 흰 수염을 어루만지며 나를 쳐다보지도 않고 대답했 다. "이해합니다." 그는 멋진 하늘색의 아름다운 눈에 붉은 얼굴빛을 한 사람이었다. 그는 내게 의자를 권했고 자신도 내 뒤쪽 조금 떨어진 자리에 앉았다. 간호사가 자리에서 일어나더니 문 쪽으로 갔다. 그때 관리인이 내게 말했다. "궤양을 앓고 있어서 저러는 겁니다." 나는 이해를 하지 못해 간호사를 쳐다봤다. 간호사의 눈 밑을 지나 머리를 빙 둘러 감고 있는 붕대가 보였다. 코가 있어야 할 자리도 붕대는 평평했다. 여자의 얼굴에는 하얀 붕대만 보였다.

간호사가 나가자 관리인이 말했다. "혼자 있게 해드리겠습니다." 내가 어떤 몸짓을 했는지는 모르지만 관리인은 내 뒤에 그대로 서 있었다. 등 뒤에 사람이 있으니 불편했다. 방은 늦은 오후의 아름다운 빛으로 가득했다. 무늬말벌 두 마리가 유리창에 부딪히며 윙윙거렸다. 졸음이 몰려오는 것 같은 느낌이 들었다. 나는 고개를 돌리지 않은 채 관리인에게 물었다. "여기에 오래 계셨나요?" 관리인이 바로 대답했다. "오 년 되었습니다." 관리인은 마치 내가 물어봐주길 계속 기다리고 있었던 것 같았다.

그러더니 관리인은 매우 수다스럽게 많은 얘기들을 들려줬다. 그는 누군가로부터 자기가 마랭고의 양로원에서 관리인으로 삶을 마칠 것이라는 말을 들었다면 깜짝 놀랐을 것이라고 했다. 관리인은 예순네 살이며 파리 출생이라고 했다. 그때 나는 그의 말을 끊었다. "아! 여기 출신이 아니시군요?" 순간 그가 나를 원장실로 안내하기 전에 엄마 이야기를 했다는 것이 생각났다. 그는 특히 이 지역은 평지라 날씨가 더 무덥기 때문에 서둘러서 매장해야 한다고 말했다. 그 말을 하면서 관리인은 자신은 파리에서 태어났으며 그곳에서의 삶을 잊을 수가 없다고 말했다. 파리에서는 죽은 사람과 사나흘 같이 있을 때도 있지만 여기에서는 그럴 시간 없이 바로 운구 마차를 따라 뛰어야 한다는 것이었다. 그때 그의 아내가 말했다. "그만해요. 이분 앞에서 무슨 소릴 하는 거예요." 관리인 영감은 얼굴을 붉히며 사과했다. 나는 나서서 말했다. "아닙니다, 아니에요." 나는 관리인의 이야기에 흥미가 생겼고, 충분히 일리가 있다고도 생각했다.

작은 영안실 안에서 관리인은 자신이 극빈자 자격으로 양로원에 들어왔다고 말했다. 그는 자신이 건강하다고 생각했기에 이곳의 관리인 자리에 지원했다고 말했다. 나는 그에게 결국 당신도 양로원의 노인들과 같은 게 아니냐고 물었다. 그는 아니라고 대답했다 나는 그가 재원자들 이야기를 하며 '그들', '다른 사람들'이라 부르거나, 가끔 '노인들'이라고 말하는 것을 들으며 깜짝 놀랐다. 관리인보다 나이가 많지 않은 재원자들도 있었기 때문이다. 그러나 물론 이는 다른 문제였다. 그는 관리인이었기에 어느 정도 재원자들에 대해 권한이 있었다.

그때 간호사가 들어왔다. 갑자기 저녁이 된 것이다. 곧바로 어둠이 유리창 위로 짙어졌다. 관리인이 스위치를 켰다.

갑자기 쏟아진 불빛에 눈이 부셔서 앞이 잘 보이지 않았다. 관리인이 나에게 식당에서 저녁을 먹자고 권했지만 배가 고프지 않았다. 그러자 그는 나에게 밀크커피 한 잔을 가져오겠다고 했다. 밀크커피를 아주 좋아하는 나는 그러라고 했다. 잠시 후 그가 쟁반을 들고 돌아왔다. 커피를 마시자 담배가 피우고 싶어졌다. 하지만 엄마 앞에서 담배를 피워도 되는지 몰라 망설였다. 생각해보니 별로 상관은 없을 것 같았다. 나는 관리인에게 담배 한 대를 권했고 우리는 함께 담배를 피웠다.

잠시 후 그가 말했다. "그런데 어머님의 친구분들도 밤 샘을 하러 오실 겁니다. 으레 그렇게 하니까요. 의자와 블랙커피를 가져와야겠습니다." 나는 그에게 전등 하나를 꺼도 되냐고 물었다. 흰색 벽에 반사되는 빛 때문에 눈이 피곤했다. 관리인은 그럴 수 없다고 말했다. 전기 배선 문제로 전등을 다 켜거나 아니면 다 꺼야 한다고 했다. 나는 더 이상 그에게 큰 관심을 두지 않았다. 나갔다가 돌아온 관리인은 의자들을 배치했다. 그중 하나에는 커피포트를 놓고 주변에 찻잔들을 겹쳐서 놓더니 맞은편으로 가서 엄마를 사이에 두고 나와 마주 보고 앉았다. 간호사도 등을 돌린 채 구석에 앉아 있었다. 간호사가 뭘 하는지는 보이지 않지만, 팔의 움직임을 보니 뜨개질을 하는 것 같았다. 방 안은 따뜻했고 커피를 마시니 몸이 따뜻해졌다. 열린 문을 통해 밤공기와 꽃향기가 들어왔다. 깜빡 졸았던 모양이었다.

뭔가를 가볍게 스치는 소리에 잠에서 깨어났다. 눈을 감고 있다 떠서 그런지 희게 빛나는 방이 더욱 눈부시게 느껴졌다. 앞에는 그림자 하나 없었고 물체마다, 모서리마다, 모든 곡선이 뚜렷해 눈이 아플 정도였다. 바로 그때, 엄마의 친구들이 들어왔다. 모두 열 명은 넘었는데, 그 눈부신 빛 속으로 조용히 스르르 들어왔다. 그들은 의자 끄는 소리 하나 내지 않고 조용히 자리에 앉았다. 나는 마치 지금까지 사람을 한 번도 본 적이 없는 것처럼 그들을 바라봤다. 그들의 얼굴이나 옷차림에서 사소한 것 하나 빼놓지 않고 눈에 담았다. 하지만 그 누구도 소리 하나 내지 않고 있으니, 이들이 실제로 존재하는 사람이 아닌 것 같았다. 여자들은 거의 모두 앞치마를 두르고 있었는데, 허리를 조여 맨 끈 때문에 가뜩이나 나온 배가 더욱 튀어나와 보였다. 나는 지금까지 나이 든 여자들의 배가 얼마만큼 튀어나올 수 있는지 자세히 본 적이 한 번도 없었다. 남자들은 거의 모두 비쩍 말랐고 지팡이를 짚고 있었다. 그들의 얼굴에서 놀라웠던 것은 눈은 안 보이고 둥지 같은 주름 사이로 빛을 잃은 안광만 보이는 것이었다. 자리에 앉은 그들 대부분은 나를 보며, 이가 빠져서 말려 들어간 입술로 우물거리며 어색하게 고개를 끄덕였다. 그것이 내게 인사를 하는 것인지, 아니면 그냥 버릇인지 알 수 없었다. 아마 나에게 인사하는 것 같았다. 바로 그때 그들이 나와 마주 보고 앉아 관리인 곁에서 고개를 끄덕인다는 것을 알아차렸다. 순간 이들이 나를 심판하기 위해 여기 앉아 있는 것 같다는 엉뚱한 느낌을 받았다.

잠시 후 한 여자가 울기 시작했다. 둘째 줄에 앉아 있던 이였는데, 앞 사람에게 가려서 잘 안 보였다. 그녀는 규칙적으로 작은 소리를 내며 울었다. 여자의 울음은 절대 그치지 않을 것 같았다. 다른 사람들은 그 울음소리가 들리지 않는 것 같았다. 그들은 우울한 표정을 한 채 힘없이 가만히 앉아 있었다. 모두들 관이든 지팡이든 시선을 한곳에 두고 뭔가를 뚫어지게 보고 있었다. 여자는 계속 울었다. 내가 모르는 여자라 그렇게 우는 모습을 보고 매우 놀랐다. 여자의 울음소리를 더는 듣고 싶지 않았지만 차마 그만 울라고 말할 수는 없었다. 관리인이 그 여자 쪽으로 몸을 기울이며 말을 걸었으나 여자는 고개를 저으며 뭐라고 중얼거리더니 아까와 마찬가지로 계속 규칙적으로 울었다. 그때 관리인이 내 쪽으로 다가왔다. 그는 내 곁에 앉았다. 한참을 그러고 있더니 관리인은 나를 보지 않은 채 이렇게 알려주었다. "저분은 뫼르소 씨 어머님과 아주 가까웠습니다. 저분 말로는 여기서 어머님이 유일한 친구였는데 이제 더는 아무도 없다고 하네요."

우리는 오랫동안 그러고 있었다. 여자의 한숨과 흐느낌

이 아까보다 뜸해졌다. 그녀는 코를 많이 훌쩍였다. 한참을 훌쩍거리더니 마침내 조용해졌다. 나는 더 이상 졸리지는 않았지만 피곤했고 허리가 아팠다. 이제는 이 모든 사람들이 침묵하고 있다는 사실이 괴롭게 느껴졌다. 그저 가끔 이상한 소리가 들리긴 했지만 그게 무슨 소리인지는 알 수 없었다. 결국 노인 몇 명이 볼 안쪽을 빨기도 하고 혀를 차면서 이상한 소리를 내는 것이라는 사실을 알게 되었다. 그들은 그런 자신들의 행동을 인식하지 못하는 것 같았다. 그 정도로 생각에 잠겨 있었다. 그들 한가운데에 누워 있는 죽은 사람도 그들의 눈에는 아무 의미가 없는 것 같다는 인상까지 받았다. 그러나 지금 생각해보니 잘못 생각했던 것 같다.

우리 모두 관리인이 따라 준 커피를 마셨다. 그다음에는 더 이상 무슨 일이 있었는지 모르겠다. 밤이 지나갔다. 어느 순간 눈을 뜨니 노인들이 서로 몸을 기댄 채 잠들어 있었던 모습이 기억난다. 노인 한 사람만이 양손으로 지팡이를 잡고 손등 위에 턱을 괸 채, 마치 내가 잠에서 깨어나기만을 기다리고 있었던 것처럼 나를 뚫어지게 바라보고 있었다. 나는 다시 잠이 들었다가 허리가 점점 더 아파져서 잠에서 깨어났다. 햇빛이 유리창 위로 스르르 들어왔다. 잠시 후 노인 한 명이 잠에서 깨어나 기침을 심하게 했다. 그는 커다란 체크무늬 손수건에 침을 뱉었다. 침을 뱉을 때마다 마치 뭔가를 잡아 뜯는 것처럼 느껴졌다. 그 노인 때문에 다른 사람들도 잠에서 깼고 관리인은 그들에게 나갈 시간이라고 알려주었다. 그들은 일어섰다. 밤샘이 불편했던지 얼굴이 잿빛이었다. 밖으로 나가면서 놀랍게도 그들은 모두 나의 손을 잡고 악수했다. 비록 우리가 한마디 말도 나누지는 않았지만 함께 밤샘을 하면서 마치 사이가 더 가까워진 것처럼 말이다.

나는 피곤했다. 관리인이 나를 자기 방으로 데려갔는데, 거기서 간단히 세수를 할 수 있었다. 밀크커피를 한 잔 더 마셨는데 아주 맛있었다. 밖으로 나왔을 때는 날이 완전히 밝아져 있었다. 마랭고와 바다 사이를 가로막는 언덕 너머 하늘은 붉은빛으로 가득했다. 그리고 언덕을 넘어오는 바람에 소금 냄새가 여기까지 실려 왔다. 화창한 하루가 시작되고 있었다. 교외에 간 지도 오래되었다. 엄마 일만 아니었다면 즐겁게 산책할 수 있었을 거라는 생각이 들었다.

하지만 나는 안마당의 플라타너스 아래에서 기다렸다. 신선한 흙냄새를 들이마셨고, 더 이상 졸리지도 않았다. 사무실 동료들이 생각났다. 지금쯤 그들은 출근하려고 잠자리에서 일어났을 것이다. 내게는 항상 가장 힘든 시간이었다. 그런 생각들을 잠깐 하고 있는데, 건물들 안에서 울리는 종소리에 정신을 빼앗겼다. 창문 안쪽이 소란스럽더니 다시 모든 것이 잠잠해졌다. 해는 좀 더 하늘 높이 떠올랐다. 햇볕 때문에 발이 뜨거워지기 시작했다. 관리인이 안마 당을 가로질러 와서는 원장이 나를 찾는다고 알려주었다. 나는 원장실로 가서 원장의 요청대로 꽤 많은 서류에 서명 을 했다. 원장은 줄무늬 바지에 검은색 웃옷을 입고 있었 다. "장의사가 보낸 사람들이 조금 전에 도착했습니다. 그 들에게 관을 닫아달라고 할 겁니다. 그전에 어머님을 마지 막으로 한 번 보시겠습니까?" 나는 됐다고 했다. 원장은 목 소리를 낮춰 전화기에 대고 지시했다. "피자크, 그 사람들 에게 관을 닫아도 된다고 전해줘요."

그리고 원장은 자신도 장례식에 참석한다고 했고 나는 감사하다고 말했다. 그는 책상으로 가서 앉았고 짧은 다리 를 꼬았다. 그는 나와 자신만이 담당 간호사와 함께 장례 식에 참석할 것이라고 알려주었다. 원칙적으로 재원자들 은 장례식에 참석할 수 없고 오직 밤샘만 할 수 있다면서, 원장은 "인간적인 배려의 문제죠"라고 말했다. 그러나 이 번에는 특별히 엄마의 오랜 남자 친구였던 노인에게 장지 까지 따라가는 걸 허락했다고 말했다. "토마 페레스라는 분입니다." 그 이름을 말하며 원장은 미소를 지었다. "조 금 유치한 감정이기는 하죠. 하지만 그분과 어머님은 한시 도 떨어져 있지 않았습니다. 재원자들이 두 분을 놀리면서 페레스 씨에게 약혼녀인 거냐고 물으면 그분은 웃곤 했답 니다. 두 분에게는 재미였던 것이죠. 하지만 뫼르소 부인의 죽음으로 페레스 씨는 몹시 충격을 받았습니다. 그래서 그분이 장례식에 참석하는 것을 막을 수가 없었어요. 하지만 왕진 의사의 권고에 따라 어제의 밤샘에는 못 오게 했습니다."

우리는 꽤 오래 아무 말도 없이 있었다. 원장은 일어나서 사무실 창문으로 밖을 내다봤다. 갑자기 그가 말했다. "저기 마랭고의 신부님이 오시는군요. 일찍 오셨네요." 원장은 마을에 있는 성당까지 가려면 못해도 사십오 분은 걸어야 한다고 알려줬다. 우리는 계단을 내려갔다. 건물 앞에 사제와 복사服事 아이 둘이 서 있었다. 그중 한 아이가 향로를 들고 있었고 사제는 그 아이 쪽으로 몸을 숙여 은줄의 길이를 조절하고 있었다. 우리가 도착하자 사제가 자세를 바로 했다. 그는 나를 '신도님'이라 부르면서 몇 마디 말을 건넸다. 신부는 건물 안으로 들어갔고 나도 뒤를 따랐다.

대충 보니 관 뚜껑에 나사못들이 꽉 박혀 있었고 실내에는 검은색 옷차림의 남자들이 네 명 있었다. 운구 마차가 길에서 기다리고 있다는 말이 들리는 동시에 사제가 기도를 시작하는 소리가 들렸다. 이 순간부터 모든 것이 아주 빨리 진행되었다. 남자들이 천을 들고 관이 있는 쪽으로 갔다. 사제와 그를 뒤따르는 사람들 그리고 원장과 나는 밖으로 나왔다. 문 앞에는 모르는 부인이 한 명 서 있었다. "뫼르소 씨입니다." 원장이 말했다. 그 부인의 이름을 알아듣지는 못했고 다만 그녀가 담당 간호사라는 사실만 알았다. 그녀는 미소를 짓지 않은 채 앙상하고 긴 얼굴을 숙여 인사했다. 그런 다음 우리는 관이 지나가도록 비켜섰다가 관을 든 남자들을 따라 양로원에서 나왔다. 문 앞에는 운구 마차가 서 있었다. 기다란 모양에 니스칠이 되어서 반짝이는 운구 마차는 필통을 연상하게 했다. 운구 마차 옆에는 장례 진행자가 있었는데 키가 작았고 우스꽝스러운 복장을 하고 있었다. 그리고 그 옆에 거동이 부자연스러운 노인이 있었다. 나는 그가 페레스 씨라는 것을 알아차렸다. 그는 위가 둥글고 챙이 넓은 중절모를 힘없이 걸치고 있었고(관이 문을 지날 때는 모자를 벗었다), 바지는 구두 위로 꼬여서 늘어져 있었고, 검은색 타이는 커다란 흰색 칼라에 비해 너무 작았다. 검은 점이 가득한 코 밑의 입술은 떨리고 있었다. 축 늘어지고 보기 싫게 말린 귓바퀴가 아주 가는 흰 머리카락 아래로 드러나 있었는데, 창백한 얼굴과 대조되는 새빨간 귀가 인상적이었다. 장례식 진행자가 우리에게 자리를 정해주었다. 사제가 앞에서 걸어갔고 그다음에 운구 마차가 있었다. 운구 마차 주변에는 남자 네 명, 뒤에는 원장과나, 행렬의 끝에는 담당 간호사와 페레스 씨 순서였다.

하늘은 이미 햇빛으로 가득했다. 하늘이 땅을 짓누르기 시작했고 열기가 빠르게 올라갔다. 길을 걷기까지 우리는 꽤 오래 기다렸는데 이유는 알 수 없었다. 나는 상복을 입고 있었던지라 꽤나 더웠다. 작은 체구의 페레스 씨는 쓰고 있던 모자를 벗었다. 내가 살짝 고개를 돌려 페레스 씨 쪽을 바라보고 있는데 원장이 그에 대해 이야기했다. 원장의 말에 따르면 어머니와 페레스 씨는 저녁에 간호사 한 명을 대동하고 마을까지 자주 산책을 했다고 한다. 나는 주변의 들판을 둘러봤다. 하늘에 가까이 닿을 듯한 언덕까지 줄지어 선 실편백나무들, 적갈색과 초록색의 땅, 띄엄띄엄 있어도 뚜렷하게 눈에 들어오는 집들을 보고 있자니 엄마를 이해할 수 있었다. 이 고장에서 저녁은 우수에 젖은 휴식과 같았을 것이다. 오늘은 강렬하게 내리쬐는 태양 때문에 오히려 이 고장의 풍경이 끔찍할 정도로 기분을 가라앉게 하는 것처럼 느껴졌다.

　우리는 걷기 시작했다. 그때 페레스 씨가 다리를 약간 전다는 것을 깨달았다. 운구 마차의 속도가 조금씩 빨라지자 노인은 뒤처지기 시작했다. 운구 마차 옆에서 걷던 남자들 중 한 명도 뒤처져서 이제는 나와 나란히 걷고 있었다. 태양이 떠오르는 속도에 깜짝 놀랐다. 벌써 오래전부터 들판은 벌레 울음소리와 풀잎이 타닥거리는 소리로 소란스러웠다. 땀이 볼을 타고 흘러내렸다. 나는 모자가 없어서 손수건으로 부채질을 했다. 그때 장의사가 보낸 사람이 나에게 무슨 말을 했지만 알아듣지 못했다. 그는 오른손으로 모자의 차양을 들어 올리고 왼손에 든 손수건으로 이마를 닦

고 있었다. 나는 그에게 말했다. "뭐라고요?" 그가 하늘을
가리키며 다시 말했다. "햇볕이 뜨겁네요." 내가 "예"라고
말했다. 잠시 후 그가 물었다. "관 속에 계신 분은 어머님
이신가요?" 나는 또 한 번 "예"라고 대답했다. "연세가 많
으셨습니까?" 엄마의 정확한 나이를 몰라 "그렇죠"라고 대
답했다. 그러고 나서 그는 말이 없었다. 뒤를 돌아보니 페
레스가 우리 뒤로 오십 미터 정도 떨어져 따라오고 있는
모습이 보였다. 그는 손에 든 펠트 모자를 흔들면서 서둘러
걸었다. 나는 원장도 쳐다보았다. 그는 불필요한 동작 없이
아주 점잖게 걷고 있었다. 이마에 땀이 몇 방울 맺혀 있었
지만 닦지 않았다.

운구 행렬의 속도가 조금 더 빨라진 것 같았다. 내 주변
에는 여전히 햇빛으로 밝게 빛나는 들판이 그대로 펼쳐져
있었다. 하늘에서 내리쬐는 햇볕은 견디기 힘들 정도였다.
어느 순간 최근에 새로 포장한 길을 지나가는데, 햇볕 때
문에 아스팔트가 녹아 갈라져 있었다. 발이 푹푹 들어가면
서 반짝이는 아스팔트의 속살이 드러났다. 운구 마차 위로
보이는 마부의 단단한 가죽 모자는 마치 이 검은색 진흙을
반죽해 만든 것처럼 보였다. 푸르고 흰 하늘, 갈라지고 끈
적거리는 시커먼 아스팔트, 칙칙한 검은색 상복, 반짝이는
검은색 운구 마차, 이렇게 단조로운 색들 사이에서 나는 약
간 길을 잃은 것 같았다. 햇빛, 가죽 냄새, 운구 마차의 말

똥 냄새, 향냄새, 밤에 잠을 자지 못해 생긴 피로, 이 모든 것 때문에 눈과 머릿속이 멍했다. 다시 뒤를 돌아봤다. 구름처럼 드리운 열기에 파묻힌 페레스가 아득히 멀리 있는 것 같더니 더 이상 보이지 않았다. 그가 길을 벗어나 들판을 가로질러 가는 모습이 보였다. 또한 내 앞의 도로가 구부러져 있다는 것을 알게 되었다. 이 고장을 잘 알고 있던 페레스가 우리를 따라잡기 위해 지름길로 간 모양이었다. 길이 구부러진 곳에서 페레스가 우리와 합류했다. 그러다가 그가 다시 보이지 않았다. 그는 다시 들판을 가로질러 갔는데 이러기를 여러 번 반복했다. 관자놀이에서 피가 뛰는 기분이 들었다.

그다음에는 모든 것이 어찌나 빠르고 정확하며 자연스럽게 진행되었는지 더는 아무것도 기억나지 않는다. 다만 한 가지, 마을 입구에서 담당 간호사가 내게 말을 걸었던 것은 기억이 난다. 여자는 얼굴과 어울리지 않는 특이한 목소리를 갖고 있었다. 감미롭고 떠는 듯한 목소리였다. 간호사가 나에게 말했다. "천천히 가면 일사병에 걸릴 수 있어요. 그렇다고 너무 빨리 가면 땀이 많이 나서 성당에 들어가면 오한이 들죠." 그녀의 말이 맞았다. 방법이 없었다. 이날의 광경 중 몇 가지는 여전히 기억에 남아 있다. 예를 들어 마을 근처에서 마지막으로 우리와 합류했을 때 페레스의 얼굴. 초조함과 고통으로 인한 굵은 눈물이 그의 뺨을

적셨다. 하지만 주름살 때문에 눈물은 흐르는 대신 여기저기 번지고 하나로 모여 있기도 해서, 허물어진 페레스의 얼굴은 눈물로 번들거렸다. 그리고 성당과 보도 위에 선 마을 사람들, 묘지의 무덤 위에 놓인 붉은 제라늄 꽃들, 페레스의 기절(마치 줄이 끊어진 꼭두각시 인형 같았다), 엄마의 관 위로 떨어지던 핏빛 흙, 그 속에 섞인 나무뿌리의 하얀 속살, 또 사람들, 어느 카페 앞에서의 기다림, 끝없이 부릉거리는 모터 소리, 버스가 알제라는 빛 속 둥지에 들어왔을 때 이제는 잠자리에 들어 열두 시간 동안 잘 수 있겠다는 생각을 하며 느낀 기쁨도 생각났다.

2

잠에서 깨어나자 내가 이틀 동안 휴가를 내겠다고 신청
했을 때 왜 사장이 못마땅한 표정을 지었는지 이해가 되
었다. 오늘은 토요일인 것이다. 말하자면 잊고 있었다. 그
런데 잠에서 깨어 일어나면서 그 생각이 떠올랐다. 사장은
내가 일요일까지 포함해 나흘이나 쉰다고 생각했을 테니
마음에 들지 않는 것도 당연했다. 그렇지만 한편으로 엄마
의 장례식을 오늘이 아닌 어제 치른 것은 내 잘못이 아니
다. 또 한편으로 어쨌든 나는 토요일과 일요일에 쉬었을
것이다. 물론 그렇다고 해서 사장이 이해되지 않는 것은
아니다.

어제 하루 피곤했기 때문에 일어나기가 힘들었다. 면도
를 하면서 무엇을 할지 생각하다가 수영을 하러 가기로 했
다. 전차를 타고 항구 쪽의 해수욕장에 갔다. 거기서 바닷
물 속으로 뛰어들었다. 젊은 사람들이 많았다. 물속에서
마리 카르도나를 만났다. 전에 같은 사무실에서 일했던 타

이피스트로, 당시 내가 좋아했던 여자였다. 그녀 역시 나를 원했던 것 같다. 그러나 얼마 지나지 않아 마리가 회사를 그만두는 바람에 사귈 수가 없었다. 마리가 부표 위로 오르는 것을 도와주다가 그녀의 젖가슴을 스쳤다. 나는 아직 물속에 있었지만 그녀는 벌써 부표 위에서 배를 바닥에 대고 엎드렸다. 그녀가 내 쪽으로 몸을 돌렸다. 머리카락이 눈 위로 흘러내린 채 그녀는 웃고 있었다. 나는 부표 위 그녀의 곁으로 기어올랐다. 날씨가 좋았다. 나는 장난을 치듯 머리를 뒤로 젖혀 그녀의 배를 베개 삼아 머리를 얹었다. 그녀가 아무 말도 안 해서 그대로 있었다. 하늘이 온통 눈 안에 들어왔다. 파란 하늘은 황금빛으로 빛났다. 목덜미 아래에서 마리의 배가 천천히 오르내리는 것이 느껴졌다. 우리는 잠깐 졸면서 부표 위에 오랫동안 머물러 있었다. 햇볕이 너무 강해지자 그녀는 물속으로 뛰어들었고 나도 뒤를 따랐다. 나는 마리를 따라잡아 허리를 감쌌고 우리는 함께 수영을 했다. 마리는 계속 웃었다. 둑 위에서 우리는 몸을 말렸고, 그동안 그녀가 나에게 말했다. "내가 더 탔네요." 나는 저녁에 영화를 보러 가지 않겠냐고 물었다. 마리는 여전히 웃으며 희극 배우 페르낭델이 나오는 영화를 보고 싶다고 말했다. 우리가 옷을 다 갈아입었을 때, 그녀는 내가 검은색 넥타이를 맨 것을 보고 매우 놀라는 눈치였다. 그녀가 상중이냐고 물었다. 나는 엄마가 죽었다고 말했다. 내가 언제 상을 당했는지 알고 싶어 하길래 "어제"라고 대답했다. 마리는 조금 흠칫했으나 아무 말도 하지 않았다. 그것은 내 탓이 아니라고 말해주고 싶었지만 사장에게 이미 그 말을 했다는 것이 생각나서 그만두었다. 아무 의미도 없는 일이었다. 어쨌든 인간은 늘 조금씩은 잘못을 저지른다.

저녁에 마리는 모든 것을 잊은 것 같았다. 영화는 가끔 웃기기도 했지만 정말로 너무 바보 같았다. 그녀는 다리를 내 다리에 딱 붙였다. 나는 그녀의 젖가슴을 어루만졌다. 영화가 끝날 때쯤에 그녀에게 키스를 했지만 서툴렀다. 영화관을 나와 그녀는 우리 집으로 왔다.

잠에서 깼을 때 마리는 가고 없었다. 마리는 친척 아주머니 집에 가야 한다고 이미 말한 적이 있었다. 일요일이라고 생각하니 따분했다. 일요일을 좋아하지 않아서다. 그래서 침대로 돌아와 마리의 머리카락이 남긴 소금기 냄새를 베개 속에서 찾다가 10시까지 잠이 들었다. 그리고 정오까지 계속 누워 담배를 피웠다. 여느 때처럼 셀레스트네 식당에 가서 점심을 먹고 싶지 않았다. 사람들이 분명 이것저것 물어볼 텐데 그게 싫었다. 계란을 몇 개 익혀 빵도 없이 접시째로 먹었다. 빵이 떨어졌지만 그렇다고 빵을 사러 내려가기는 귀찮았다.

점심을 먹은 후 조금 심심해 집 안을 배회했다. 엄마와 함께 살았을 때는 알맞은 크기였는데, 지금 내게 이곳은 너무 넓어서 주방의 식탁을 내 방으로 옮겨놓아야 했다. 이제는 내 방에서만 지낸다. 바닥이 내려앉은 밀짚 의자들, 거울이 누렇게 변색된 옷장, 화장대, 구리 침대 사이에서 말이다. 나머지는 방치되어 있었다. 잠시 후 심심풀이로 옛날 신문을 한 장 들고 읽었다. 거기에서 크뤼셴 소금 광고를 오려서 신문에서 재미있는 것을 모아 붙여놓곤 하는 낡은 공책에 풀로 붙였다. 그런 다음 손을 씻고 마침내 발코니에 나가 앉았다.

내 방에서는 외곽의 간선도로가 보인다. 화창한 오후였다. 하지만 보도는 축축했고 드문드문 보이는 사람들은 여전히 바쁘게 걸었다. 제일 먼저 나들이를 나온 가족들이 지나가는 모습이 눈에 들어왔다. 남자아이 두 명은 세일러복을 위에 입고 아래는 무릎까지 오는 반바지를 입었는데, 옷이 뻣뻣해서 움직이는 게 조금 불편해 보였다. 여자아이는 커다란 분홍색 리본을 달고 에나멜 구두를 신고 있었다. 그 뒤로는 갈색 비단 원피스 차림의 매우 뚱뚱한 어머니, 전에 본 적이 있는 키 작고 깡마른 아버지가 지나갔다. 그는 밀짚모자를 쓰고 나비넥타이를 맨 채 손에는 지팡이를 들고 있었다. 아내와 함께 있는 그를 보면서 왜 동네 사람들이 그를 가리켜 점잖은 사람이라고 했는지 이해가 갔다. 잠시 후 변두리에 사는 젊은이들이 지나갔다. 머리카락에는 기름을 번지르르하게 바르고 붉은색 넥타이를 매고 허리가 잘록한 양복 상의에 자수로 장식된 손수건을 꽂고 코가 모난 구두를 신은 젊은이들이었다. 시내의 영화관에 가는 것 같았다. 그래서 아주 일찍부터 출발해 큰 소리로 웃으며 서둘러 전차 쪽으로 가는 것이리라.

그들이 지나가고 난 뒤로는 길에 점점 인적이 드물어졌다. 여기저기 극장에서 공연이 시작된 모양이었다. 이제 길에는 가게 주인들과 고양이들밖에 없었다. 하늘은 맑았지만 길가에 늘어선 무화과나무들 위쪽으론 좀 뿌연 것 같았다. 맞은편 보도에는 담배 가게 주인이 의자를 문 앞에 내놓고 등받이 위에 두 팔을 얹고 의자에 거꾸로 앉아 있었다. 조금 전까지도 승객들로 가득했던 전차들은 거의 비어 있었다. 담배 가게 옆에 있는 '피에로네'라는 작은 카페에서는 종업원이 비어 있는 홀에서 톱밥을 쓸고 있었다. 정말로 일요일이었다.

나는 의자를 돌려 담배 가게 주인처럼 앉았다. 더 편해 보였기 때문이다. 담배를 두 대 피우고 나서 초콜릿 한 조각을 가지고 다시 창가로 나와서 먹었다. 잠시 후 하늘이 어두워졌다. 여름 소나기가 내릴 것 같더니만 하늘이 조금씩 개었다. 그래도 비를 뿌릴 것 같은 구름이 지나가면서 길은 더 어두워졌다. 나는 오랫동안 그대로 앉아 하늘을 바라보았다.

5시에 전차들이 소리를 내며 도착했다. 교외의 경기장에서 발판과 난간까지 빼곡하게 올라선 구경꾼들을 다시 싣고 돌아오는 전차들이었다. 그다음 전차들은 운동선수들을 태우고 있었다. 작은 가방을 보니 운동선수들이 맞았다. 그들은 자신의 팀은 절대로 지지 않을 것이라며 소리를 질렀고 목청 높여 노래를 불렀다. 그중 여럿이 내게 손짓을 했다. 한 명은 나에게 "우리가 이겼어요"라고 소리 높여 외치기도 했다. 그래서 나는 고개를 끄덕이며 "그렇군요"라고 말했다. 이때부터 차들이 밀리기 시작했다.

해가 조금 더 저물었다. 지붕들 위로 하늘이 붉게 물들었고 저녁이 가까워지면서 거리마다 활기를 띠었다. 나들이를 갔던 사람들이 조금씩 돌아오고 있었다. 그들 사이에서 그 점잖은 남자를 알아보았다. 아이들은 울거나 질질 끌려오고 있었다. 거의 동시에 동네 영화관마다 관람객들이 길가로 쏟아져 나왔다. 그들 중에 젊은이들이 평소보다 좀 더 확신에 찬 몸짓을 보이길래 모험 영화를 보고 나왔구나 하고 생각했다. 시내 영화관에서 돌아온 사람들은 조금 나중에 도착했다. 그들의 표정은 더욱 심각해 보였다. 여전히 웃고는 있으나 가끔 피곤해 보이고 생각에 잠긴 얼굴들이었다. 그들은 길에 그대로 남아 맞은편 인도에서 왔다 갔다 했다. 동네의 젊은 아가씨들은 머리에 아무것도 쓰지 않은 채 서로 팔짱을 끼고 서 있었다. 청년들이 아가씨들과 일부러 마주치면서 농담을 했고 여자들은 고개를 돌리며 웃었다. 그중 내가 아는 아가씨 몇 명은 나에게 손짓을 했다.

그때 거리의 가로등이 갑자기 켜졌고 어둠 속에서 올라오던 초저녁 별들이 가로등 때문에 흐릿하게 보였다. 많은 사람들과 불빛이 가득한 거리를 바라보니 눈이 피로해진 느낌이었다. 가로등 불빛에 젖은 보도가 반짝였고 전차들이 일정한 간격으로 지나가면서 빛나는 머리카락, 미소, 혹은 은팔찌 위로 그림자가 드리웠다. 잠시 후 전차들이 점점 뜸해지더니 캄캄한 밤이 나무와 가로등 위에 내려앉고, 동네가 어느 틈엔가 텅 비면서 마침내 해가 진 후 처음으로 고양이 한 마리가 다시 인적이 드물어진 거리를 천천히 가로질러 갔다. 그러자 저녁을 먹어야겠다는 생각이 들었다. 오랫동안 의자의 등받이에 턱을 괴고 있었더니 목이 조금 아팠다. 내려가서 빵과 파스타 국수를 사 와서는 요리를 해서 선 채로 먹었다. 창가에서 담배를 한 대 피우고 싶었지만 공기가 선선해져서 조금 추웠다. 창문을 닫고 방으로 돌아오다가 거울에 비친 테이블 구석의 알코올램프와 그 옆에 놓인 빵조각을 보았다. 일요일이 여느 때와 똑같이 지나갔고, 엄마는 이제 땅에 묻혔고, 나는 다시 출근할 것이며, 결국 변한 것은 아무것도 없다는 생각을 했다.

3

 오늘 나는 사무실에서 일을 많이 했다. 사장은 친절하게 대해줬다. 그는 나에게 너무 피곤하지는 않냐고 물었고 엄마의 나이도 알고 싶어 했다. 나는 틀리지 않으려고 "예순 정도"라고 말했다. 이유는 모르겠으나 사장은 안심하는 표정을 지으며 다 끝난 일이라고 생각하는 것 같았다.

 내 책상 위에는 선하 증권이 쌓여 있었다. 그것을 전부 자세히 검토해야 했다. 점심을 먹으러 사무실에서 나오기 전에 손을 씻었다. 정오, 이 순간이 좋다. 저녁은 두루마리 수건이 완전히 축축해져 있어서 별로 마음에 안 든다. 하루 종일 사용한 것이기 때문이다. 언젠가 사장에게 이 문제를 지적한 적이 있었다. 사장도 유감스럽게 생각하지만 그것은 그리 중요한 일이 아니라고 대답했다. 조금 늦은 12시 반에 수출과에서 일하는 에마뉘엘과 함께 밖으로 나왔다. 사무실이 바다 쪽을 향해 있어서, 우리는 한동안 이글거리는 태양 아래에 있는 항구의 화물선들을 보느라 정신이 팔려 있었다. 바로 그때 트럭 한 대가 쇠사슬 소리와 폭발음을 시끄럽게 내며 도착했다. 에마뉘엘이 나에게 "저거 탈까?"라고 물어서 나는 달리기 시작했다. 트럭이 우리를 지나쳤고 우리는 트럭 뒤를 쫓아 달렸다. 나는 소음과 먼지 속에 파묻혔다. 더 이상 아무것도 보이지 않았고 권양기捲揚機와 기계들, 수평선에서 춤추는 돛대들, 우리 옆에 늘어선 선체들 한가운데를 달릴 때 핑 도는 흥분만 느껴졌다. 내가 먼저 달리는 트럭에 발을 걸치고 올라탔다. 그런 뒤 에마뉘엘이 올라앉게 도와주었다. 우리는 숨을 헐떡였다. 트럭은 부두의 울퉁불퉁한 포장도로 위에서, 먼지와 햇볕 속에서 덜컹거리며 달렸다. 에마뉘엘은 숨이 넘어갈 듯이 웃었다.

우리는 땀에 젖은 채 셀레스트네 식당에 도착했다. 여전히 셀레스트는 커다랗게 나온 배에 앞치마를 두르고 흰 콧수염을 기른 모습으로 있었다. 그는 나에게 "어쨌든 괜찮은 거죠?"라고 물었다. 나는 그렇다고 대답했고 배가 고프다고 말했다. 나는 얼른 식사를 하고 커피를 마셨다. 그리고 집으로 돌아와 잠을 좀 잤다. 와인을 너무 많이 마셨던 것이다. 잠에서 깨니 담배를 피우고 싶었다. 늦어서 뛰어가 전차를 탔다. 오후 내내 일했다. 사무실은 너무 더웠다. 그래서 저녁에 퇴근해 천천히 부둣가를 따라 걷는 것이 행복했다. 하늘은 초록색이었고 나는 기분이 좋았다. 그래도 곧장 집으로 돌아왔다. 삶은 감자 요리를 만들고 싶어서였다.

캄캄한 층계를 올라가다가 같은 층에 사는 이웃인 살라마노 영감과 마주쳤다. 영감은 개를 데리고 있었다. 팔 년 전부터 영감은 개를 데리고 있었다. 스패니얼 품종인 그 개는 피부병에 걸려 있었다. 습진 같았다. 피부병 때문에 개는 털이 빠졌고 온몸은 갈색 반점과 딱지로 가득했다. 그 개와 둘이서 좁은 방에서 오랫동안 같이 살다 보니 살라마노 영감은 마침내 개와 닮게 되었다. 그의 얼굴에는 붉은색 딱지가 있고 누런 털이 듬성듬성하다. 개는 주인의 구부정한 자세를 배웠는지 주둥이는 앞으로 나오고 목은 뻣뻣했다. 그들은 종종 같은 부류로 보였지만 서로 미워한다. 하루에 두 번, 오전 11시와 오후 6시에 영감은 개를 산책시킨다. 팔 년 동안 이 둘은 산책 코스를 바꾼 적이 없다. 리옹 거리를 따라가는 그들을 볼 수 있는데 개가 영감을 끌고 가다 영감의 발에 걸린다. 그러면 영감은 개를 때리고 욕을 한다. 개는 벌벌 떨며 끌려간다. 이번에는 영감이 개를 끌고 간다. 개가 이를 깜박하고 다시 앞으로 가 주인을 끌어당기면 다시 맞고 욕을 먹는다. 그러면 둘은 길에 멈춰서서 개는 두려움에 떨고 주인은 증오로 불타는 눈으로 서로 쳐다본다. 매일 이렇다. 개가 소변을 보고 싶어 해도 영감은 그럴 시간을 주지 않고 끌어당긴다. 스패니얼 품종의 개는 오줌 방울을 찔끔찔끔 흘리며 영감의 뒤를 따른다. 개가 어쩌다가 방에 오줌을 싸면 다시 맞는다. 이런 생활이 팔 년째다. 셀레스트는 늘 "딱하군"이라고 말하지만, 사실 아무도 알 수 없는 일이다. 내가 층계에서 살라마노와 마주쳤을 때 그는 개에게 욕을 퍼붓는 중이었다. 영감이 개에게 "못된 놈! 더러운 놈!"이라고 말했고 개는 끙끙거렸다. 내가 "안녕하세요"라고 말해도 영감은 계속 욕을 하고 있었다. 그래서 나는 그에게 개가 무슨 잘못을 했냐고 물었다. 그는 대답하지 않고 그저 "못된 놈! 더러운 놈!"이라는 말만 했다. 영감은 개에게 몸을 굽혔는데 목줄의 무엇인가를 조절하는 것 같았다. 나는 좀 더 큰 소리로 말했다. 그러자 영감은 고개를 돌리지 않고 화를 억누르는 것처럼 "이놈의 개가 늘 이렇습니다"라고 대답했다. 그리고 그는 개를 잡아끌고 갔다. 개는 네 발로 질질 끌려가며 끙끙거리는 소리를 냈다.

　바로 그때 같은 층에 사는 또 다른 이웃이 들어왔다. 동네에서는 그가 여자들을 등쳐먹고 산다는 소문이 돌았다. 사람들에게 직업이 무엇이냐는 질문을 받으면 그는 '창고관리인'이라고 말한다. 일반적으로 그는 사람들에게 평판이 좋지 못했다. 그러나 그는 나에게 자주 말을 걸고 내가 자신의 말을 들어주니 가끔 우리 집에 오기도 한다. 나는 그가 하는 이야기가 재미있다고 생각한다. 더구나 그와 말을 하지 말아야 할 이유는 하나도 없다. 그의 이름은 레몽 생테스다. 그는 키가 매우 작지만 어깨가 딱 벌어지고 코는

권투선수 같았다. 옷차림은 늘 아주 단정하다. 그도 살라마노 영감 이야기를 하면서 "정말 딱합니다"라고 말했다. 그가 나에게 그 모습을 보니 역겹지 않냐고 물어서 나는 "아뇨"라고 대답했다.

층계를 다 올라와서 막 헤어지려고 할 때 그가 나에게 말했다. "우리 집에 부댕(프랑스식 순대-옮긴이)과 와인이 있어요. 한 조각 같이 드실래요?" 나는 요리를 하지 않아도 된다는 생각에 그러겠다고 했다. 그의 집도 창문 없는 주방이 딸린 방 하나뿐이다. 그의 침대 위에는 흰색과 분홍색 석고로 된 천사상과 챔피언들의 사진과 여자의 나체 사진 두세 장이 붙어 있다. 방은 지저분하고 침대는 어질러져 있었다. 우선 그는 석유램프를 켜고 호주머니에서 꽤 지저분한 붕대 하나를 꺼내 오른손을 감쌌다. 내가 그에게 무슨 일이 있었냐고 물었다. 그는 시비를 건 어떤 남자와 싸웠다고 했다.

"그런데 말이죠, 뫼르소 씨." 그가 말했다. "내가 성격이 못돼서가 아니라 욱해서 그럽니다. 그놈이 나에게 '남자라면 전차에서 내려'라고 했습니다. 나는 놈에게 '자, 좀 진정해'라고 말했습니다. 놈이 나에게 남자답지 못하다고 했습니다. 그래서 나는 전차에서 내려 그놈에게 '그만 좀 하지. 손 좀 봐주기 전에'라고 말했습니다. 그러자 놈이 '어떻게 할 건데?'라고 대꾸했습니다. 그래서 한 방 먹였죠. 그대로 놈이 쓰러지더군요. 일으켜 주려고 했어요. 그러자 놈이 땅에 누운 채 발길질을 여러 번 하더군요. 그래서 무릎으로 찍고, 주먹을 두 번 날렸습니다. 녀석의 얼굴은 피투성이가 되었죠. 내가 그놈에게 이제 됐냐고 물었더니 "됐다"고 하더군요." 말을 하는 동안 생테스는 붕대를 만지작거렸다. 나는 침대에 앉아 있었다. 그가 말을 이었다. "보시다시피 내가 먼저 시비를 건 게 아니에요. 놈이 먼저 걸었죠." 그 것은 사실이었고 나도 그렇다고 인정했다. 그러자 그는 이 문제에 대해 나의 조언을 구하고 싶다고 했다. 그는 내가 남자답고 인생을 잘 알고 있어서 자신을 도와줄 수 있으리라 생각했고, 그렇게 해주면 나와 친구가 되겠다고 말했다. 나는 아무 말도 하지 않았다. 그는 다시 나에게 자신과 친구가 되고 싶으냐고 물었다. 내가 상관없다고 말했더니 만족해하는 것 같았다. 그가 부댕을 꺼내 프라이팬에 익히고는 잔, 접시, 포크, 나이프, 와인 두 병을 내놓았다. 그동안 침묵이 흘렀다. 그리고 우리는 자리를 잡았다. 그는 먹으면서 자기 이야기를 하기 시작했다. 처음에 그는 약간 머뭇거렸다. "어떤 여자를 알게 되었는데… 그러니까 내연녀죠." 그와 싸운 남자는 그 여자의 오빠였다. 그는 여자를 먹여 살렸다고 했다. 나는 아무 대답도 하지 않았으나 그는 곧바로 이어서 이야기했다. 그는 동네 사람들이 뭐라고 하는지 알고 있지만 양심에 찔릴 것이 하나도 없으며, 자신의 직업이 창고 관리인이라고 했다.

"아까 이야기를 다시 하면요." 그가 나에게 말했다. "속임수가 있다는 것을 깨닫게 되었습니다." 그는 여자에게 겨우 먹고 살 정도의 돈을 대주고 있었다. 그는 내연녀의 방세를 내주었고 식비로 하루에 이십 프랑을 주었다. "방세로 삼백 프랑, 식비 육백 프랑, 가끔 스타킹을 한 켤레씩 사주었죠. 그러다 보니 돈이 천 프랑 정도 들었습니다. 그런데도 일은 하지 않더라고요. 그러면서 이 돈으로 빠듯해서 내가 주는 돈으로는 생활이 안 된다고 했습니다. 그래서 이렇게 말했죠. '왜 반나절이라도 일을 안 하지? 용돈벌이라도 하면 도움이 될 텐데. 이달에는 옷을 한 벌 사주었고 매일 이십 프랑씩 용돈도 주고 방세도 내주는데, 너는 오후에는 친구들과 커피나 마시잖아. 너는 친구들에게 커피와 설탕을 대접하지만, 네게 돈을 주는 사람은 나라고. 이렇게 잘해주는데 너는 보답도 제대로 안 하잖아.' 그런데도 일은 하지 않으면서 생활이 안 된다는 말만 늘 했습니다. 그러는 중에 그 여자가 날 속이고 있다는 걸 알게 된 거죠."

당시 그는 여자의 핸드백에서 복권 한 장을 발견했는데, 여자는 그 복권을 어떻게 샀는지 설명하지 못했다고 한다. 얼마 후 그는 여자의 방에서 전당포의 전표 한 장을 '증거물'로 발견했다. 그걸 보고 여자가 팔찌 두 개를 저당 잡힌 것을 알았다. 그때까지도 그는 그 팔찌들이 있는지도 몰랐다. "날 속이는 게 분명했어요. 그래서 그 여자와 헤어졌죠.

하지만 먼저 팼어요. 그리고 그 여자에게 진실을 말해줬어요. 그녀가 원하는 것이라고는 자기 아랫도리 가지고 재미를 보는 것이라고요. 이해하시겠어요, 뫼르소 씨? 나는 그 여자에게 '세상 사람들이 부러워할 정도로 행복하게 살게 해줬는데 넌 그걸 모르지. 나중에 네가 얼마나 행복했는지 깨닫게 될 거야'라고 말했습니다."

그는 무지막지하게 여자를 팼다. 전에는 그 여자를 때린 적이 없었다. "때려도 나름 살살 때렸어요. 그러면 그 여자는 약간 소리를 질렀고, 나는 덧문을 닫았죠. 그러면 그걸로 끝이었어요. 하지만 이번에는 심각합니다. 그 여자를 충분히 혼내주지 못했거든요."

그는 이러한 이유로 내 조언이 필요하다고 말했다. 그는 말을 멈추고 그을음으로 까매진 램프의 심지를 조절했다. 나는 여전히 그의 말을 듣고만 있었다. 와인을 1리터 가까이 마셨더니 관자놀이가 아주 뜨거웠다. 담배가 다 떨어져서 레몽의 담배를 피웠다. 마지막 전차들이 지나가면서 이제는 저 멀리 들리는 변두리의 소음들을 실어 갔다. 레몽이 말을 이었다. 그는 '여전히 그 여자와의 섹스가 생각난다'며 곤란해했다. 그러나 그는 그 여자를 혼내주고 싶었다. 우선 레몽은 여자를 호텔로 부른 뒤, '풍기 단속반'에 연락해 추문을 일으켜 창녀로 낙인찍히게 하려고 했었다. 그다음에 그는 그 업계에 있는 친구들과 이야기를 해봤으나 친구들은 아무런 해결책도 내놓지 못했다. 레몽이 나에게 말했듯 그 세계에 있었다면 특별한 생각을 하는 것이 맞았다. 레몽이 그 말을 하자 친구들은 그 여자에게 '낙인'을 찍는 것이 어떠냐고 했다. 하지만 그것은 그가 원하는 것이 아니었다. 그는 곰곰이 생각해 볼 참이었다. 그는 나에게 무엇인가를 부탁하고 싶다고 했다. 그러나 부탁을 하기 전에 우선 자신의 이야기를 내가 어떻게 생각하는지 알고 싶어 했다. 나는 아무 생각도 없었지만 재미있었다고 대답했다. 그는 여자가 자길 배신한 게 맞는 것 같냐고 물었고, 난 그런 것 같다고 대답했다. 그 여자를 혼내야 하는 것인지, 나라면 어떻게 할 것인지 그가 묻기에 나는 절대로 알 수 없는 일이지만 여자를 혼내주고 싶어 하는 그의 마음은 이해가 된다고 했다. 나는 또 와인을 조금 마셨다. 그는 담배에 불을 붙이고는 자기 생각을 말했다. 그는 그 여자에게 '차버리겠다는 뜻을 전하는 동시에 그 여자를 후회하게 할 내용이 담긴' 편지를 보내고 싶다고 했다. 이후에 그 여자가 돌아오면 잠자리를 하고는 '관계가 막 끝나려 할 때' 여자의 낯짝에 침을 뱉고 쫓아버리겠다는 것이다. 실제로 그렇게 하면 여자는 벌을 받는 것이 될 듯했다. 그러나 레몽은 원하는 편지를 쓸 능력이 안 되기 때문에 그 편지를 써줄 사람으로 나를 생각했다고 말했다. 내가 아무 말도 하지 않자 그는 지금 당장 그 편지를 써달라고 부탁하면 곤란하겠느냐고 물었다. 나는 그렇지 않다고 대답했다.

그러자 그는 와인을 한 잔 마시고 일어났다. 그는 접시들과 먹다 남긴 다 식은 부댕 몇 조각을 치웠다. 그리고 식탁에 깐 방수포를 정성스럽게 닦았다. 그는 협탁 서랍에서 모눈종이 한 장, 노란 봉투 한 장, 붉은색 나무로 된 작은 펜대, 보라색 잉크가 든 네모난 병을 꺼냈다. 그가 여자의 이름을 말해주었는데 무어 여자라는 것을 알 수 있었다. 나는 편지를 썼다. 생각나는 대로 쓰긴 했지만 레몽의 마음에 들도록 애썼다. 굳이 그의 기분을 거스를 필요가 없어서였다. 편지를 다 쓴 뒤 소리 내어 읽었다. 레몽은 담배를 피우며 고개를 끄덕이면서 듣고 있더니 다시 한번 읽어 달라고 부탁했다. 그는 매우 마음에 들어 했다. 레몽이 말했다. "자네라면 이런 일에 대해 잘 알 줄 알았어." 처음에는 그가 반말을 하고 있다는 것을 알아차리지 못했다. 그가 "이제 자네는 진정한 친구야"라고 말했을 때에야 그 반말이 놀랍게 느껴졌다. 그는 그 말을 여러 번 했다. 나는 "그래"라고 대답했다. 나야 그의 친구가 되건 말건 상관없는 일이었지만 그는 정말로 그렇게 되기를 바라는 것 같았다. 그는 편지를 봉했다. 우리는 남은 와인을 마저 마시고는 잠시 아무 말 없이 담배를 피웠다. 바깥은 모든 것이 조용했고 미끄러지듯이 지나는 자동차 소리가 들렸다. 나는 "시간이 늦었군"이라고 말했다. 레몽도 그렇게 생각했다. 그는 시간이 빨리 간다고 말했는데, 어떤 의미에서는 사실이었다. 졸렸지만 일어나기가 힘들었다. 내가 피곤해 보였는지 레몽이 나에게 자포자기해서는 안 된다고 말했다. 처음에는 그의 말이 이해되지 않았다. 그러자 그는 엄마의 사망 소식을 들었다면서 언젠가는 겪어야만 하는 일이라고 말했다. 나도 그렇게 생각했다.

내가 일어나자 레몽은 내 손을 꽉 쥐고 악수하더니 남자들끼리는 언제나 서로 통하는 법이라고 말했다. 그의 집을 나오면서 문을 닫고 어둠 속의 층계참 위에 잠시 서 있었다. 건물은 조용했고 계단의 저 깊숙한 밑바닥에서 스산하고 습기 찬 바람이 올라왔다. 귓가에 들리는 것은 오직 나의 맥박이 윙윙거리며 뛰는 소리뿐이었다. 나는 움직이지 않고 그대로 서 있었다. 하지만 살라마노 영감의 방에서는 개가 나지막한 소리로 끙끙대고 있었다.

4

일주일 내내 일을 많이 했다. 레몽이 찾아와 편지를 보냈다고 말했다. 나는 에마뉘엘과 두 번 영화관에 갔는데 그는 스크린 위에서 일어나는 내용이 무엇인지 잘 이해하지 못했다. 그래서 그에게 설명을 해주어야 했다. 토요일인 어제, 약속대로 마리가 왔다. 붉은색과 흰색 줄무늬가 있는 아름다운 원피스를 입고 가죽 샌들을 신고 있는 마리를 보니 욕망이 꿈틀거렸다. 탄탄한 젖가슴의 윤곽이 느껴졌고 햇볕에 그을은 갈색 얼굴은 꽃처럼 아름다웠다. 우리는 버스를 타고 알제에서 몇 킬로미터 떨어진 곳으로 갔다. 양옆에 바위가 솟아 있고 육지 쪽에는 갈대가 늘어선 해변이었다. 4시의 태양은 아주 뜨겁지는 않았지만 물은 미지근했고, 길게 뻗은 작은 물결이 한가하게 넘실댔다. 마리가 내게 놀이 하나를 가르쳐주었다. 헤엄을 치며 파도의 물마루에서 바닷물을 들이마신 후 입속에 거품을 가득 모아 반듯이 받쳐 누운 다음에 입 안의 것을 하늘을 향해 내뿜는 것이었다. 그러면 그것은 물거품 레이스가 되어 허공으로 사라지거나 미지근한 비가 되어 얼굴로 떨어졌다. 하지만 얼마 후 소금의 짠맛 때문에 입 안이 얼얼했다. 그러자 마리가 다가와 물속에서 나에게 달라붙었다. 마리는 자신의 입술을 나의 입술에 갖다 대었다. 그녀의 혀가 나의 입술을 시원하게 해주었다. 우리는 잠시 파도에 몸을 맡겼다.

해변가로 나와 옷을 갈아입고 있는데, 마리가 눈을 빛내며 나를 바라봤다. 나는 그녀에게 키스했다. 그 순간부터 우리는 더는 아무 말도 하지 않았다. 나는 그녀를 꼭 껴안고 서둘러 버스를 잡아타고 돌아왔고, 집에 도착해서는 곧바로 침대로 뛰어들었다. 창문을 열어두었는데, 여름밤의 시원한 공기가 갈색으로 그을린 우리의 몸 위로 흐르는 것 같아 기분 좋은 느낌이었다.

오늘 아침까지 마리는 우리 집에 함께 머물렀고, 나는 그녀에게 같이 점심을 먹자고 했다. 나는 고기를 사러 내려갔다. 다시 올라오는데 레몽의 방에서 여자 목소리가 들렸다. 잠시 후에는 살라마노 영감이 개를 혼내는 소리가 들렸다. 나무 계단에서 구둣발 소리와 개가 발톱으로 긁는 소리에 이어 "못된 놈, 더러운 놈"이라는 소리가 들리더니 노인과 개는 거리로 나갔다. 내가 살라마노 영감의 이야기를 들려주자 마리가 웃었다. 그녀는 내 잠옷 중 하나를 입고 소매를 걷어 올리고 있었다. 웃는 그녀를 보니 다시 욕망이 피어

올랐다. 잠시 후 마리는 나에게 자신을 사랑하느냐고 물었다. 그것은 아무 의미도 없는 말이지만 그녀를 사랑하는 것 같지는 않다고 대답했다. 마리는 슬픈 표정을 지었다. 하지만 점심을 준비하면서 마리가 아무것도 아닌 일에 또 웃길래 그녀에게 키스했다. 바로 그때 레몽의 집에서 다투는 소리가 들렸다.

먼저 여자의 날카로운 목소리가 들리더니 레몽의 말소리가 들렸다. "넌 나를 무시했어. 날 무시했다고. 날 무시하면 어떻게 되는지 가르쳐주지." 둔탁한 소리가 났고 여자가 소리를 질러댔다. 그 비명이 어찌나 끔찍하던지 곧 층계참은 사람들로 가득해졌다. 마리와 나도 나가봤다. 여자는 여전히 소리를 질렀고 레몽은 여전히 여자를 때렸다. 마리가 끔찍하다고 말했고 나는 아무 대답도 하지 않았다. 마리가 나에게 경찰을 부르라고 했지만 나는 경찰을 좋아하지 않는다고 말했다. 그러나 3층에 세 들어 사는 배관공과 함께 경찰 한 명이 도착했다. 경찰이 문을 두드렸지만 더 이상 아무 소리도 나지 않았다. 경찰이 더 세게 문을 두드리자, 잠시 후 여자가 우는 소리가 들렸고 레몽이 문을 열었다. 그는 입에 담배를 문 채 애써 친절한 척하는 표정을 지었다. 여자가 문으로 뛰어나와 경찰에게 레몽이 자기를 때렸다고 말했다. "이름은?" 경찰이 물었다. 레몽이 대답했다. "말할 때는 입에서 담배를 빼." 경찰이 말했다. 레몽은 주저하다가 나를 보더니 담배를 깊이 빨았다. 그 순간 경찰이 두껍고 묵직한 손으로 레몽의 따귀를 갈겼다. 담배가 몇 미터 멀리 날아가 떨어졌다. 레몽은 얼굴색이 변했지만 당장은 아무 말도 하지 않았다. 그러다가 공손한 목소리로 꽁초를 주워도 되느냐고 물었다. 경찰이 그렇게 하라고 하더니 "다음부터는 경찰이 꼭두각시가 아니라는 것을 알아두라고"라고 덧붙였다. 그동안 여자는 울면서 "이 사람이 날 때렸어요. 포주라고요"라는 말을 계속했다. 그러자 레몽이 물었다. "경찰관님, 멀쩡한 사람을 포주로 몰다니, 이런 법이 있습니까?" 경찰이 레몽에게 "닥쳐"라고 명령했다. 그러자 레몽은 여자에게 고개를 돌리고 말했다. "두고 봐, 이것아, 다음에 또 볼 테니까." 경찰은 레몽에게 입 다물라고 말한 후, 여자에게는 가도 좋고 레몽에게는 방으로 들어가서 경찰의 소환 명령이 올 때까지 기다리라고 했다. 그리고 레몽에게 그렇게 몸을 떨 정도로 술에 취했으면 부끄러워할 줄 알아야 한다고 했다. 그때 레몽은 경찰에게 "술에 취한 것이 아닙니다, 경찰관님. 그저 경찰관님 앞에 있으니 떨리는 거죠. 당연한 겁니다"라고 설명했다. 레몽이 문을 닫았고 모인 사람들도 자리를 떠났다. 마리와 나는 점심 준비를 마쳤다. 하지만 그녀가 배고프지 않다고 해서 내가 거의 다 먹었다. 마리는 1시에 갔고 나는 잠을 조금 잤다.

3시 정도에 누군가 우리 집 문을 두드렸다. 레몽이 들어왔다. 나는 누워 있었다. 그는 내 침대의 가장자리에 앉았다. 나는 그에게 아까 어떻게 된 일이냐고 물었다. 그는 계획대로 했는데 여자가 따귀를 때리기에 자신도 그녀를 팼다고 말했다. 그 뒤의 일은 내가 본 대로였다. 나는 그에게 여자가 벌을 받았으니 이제 만족하겠다고 말했다. 그도 그렇게 생각했다. 그리고 레몽은 경찰이 아무리 뭐라고 해도 여자가 두들겨 맞았다는 사실은 변함이 없을 것이라 말했다. 레몽은 자신은 경찰들이 어떤 사람들인지도, 또한 어떻게 상대해야 하는지도 잘 알고 있다고 덧붙였다. 그리고 나에게 자신이 경찰에게 따귀를 맞았을 때 어떤 식으로든 대응하기를 기대했냐고 물었다. 나는 아무 기대도 하지 않았고, 더구나 경찰을 좋아하지 않는다고 대답했다. 레몽은 매우 만족해하는 표정이었다. 그는 나에게 같이 외출하지 않겠냐고 물었다. 나는 일어나 머리를 빗기 시작했다. 그는 나에게 증인이 되어주어야겠다고 말했다. 나는 상관없으나 무슨 말을 해야 할지 모르겠다고 했다. 레몽은 여자가 자신을 무시했다는 증언만 해주면 된다고 했다. 나는 증인이 되어주겠다고 했다.

우리는 집을 나섰고, 레몽은 내게 코냑을 한 잔 사주었다. 그러더니 그가 당구를 한 판 하고 싶다고 했다. 나는 근소한 차이로 게임에서 졌다. 그다음에 레몽이 창녀촌에 가자고 했지만 나는 별로 창녀촌을 좋아하지 않아 싫다고 했다. 그래서 우리는 천천히 집으로 돌아왔다. 레몽은 내연녀에게 벌을 주는 데 성공해 얼마나 기쁜지 모른다고 말했다. 그는 내게 아주 친절했고, 나 역시 그 순간이 즐겁다고 생각했다.

　멀리서 흥분한 얼굴로 건물 입구에 서 있는 살라마노 영감의 모습이 보였다. 가까이 가보니 영감 옆에는 개가 없었다. 영감은 여기저기를 둘러보고 제자리에서 빙빙 돌고는 컴컴한 복도를 뚫어지게 바라보고 알 수 없는 말을 중얼거렸고 충혈된 작은 눈으로 다시 길거리를 샅샅이 살펴보기 시작했다. 레몽이 무슨 일이냐고 물었지만 영감은 바로 대답하지 않았다. 내 귀에는 영감이 "못된 놈, 더러운 놈"이라고 중얼거리는 소리가 어렴풋하게 들렸다. 영감은 계속 흥분한 상태였다. 나는 영감에게 개는 어디에 있냐고 물었다. 영감은 개가 갑자기 달아났다고 대답했다. 그러더니 갑자기 수다스럽게 이야기를 했다. "오늘도 여느 때처럼 연병장에 개를 데리고 갔어요. 장터의 가건물 주변에는 사람이 많았죠. 〈탈주왕〉을 공연하기에 구경하려고 잠시 멈췄다가 다시 출발하려고 하니 개가 없어졌어요. 물론 오래전부터 개에게 크기가 좀 더 작은 목줄을 사주려고 했는데 그놈이 그렇게 달아나 버릴 거라고는 생각하지 못했죠."

　그러자 레몽은 개가 길을 헤매다가도 집을 찾아 다시 돌아올 수도 있다고 말했다. 그는 수십 킬로미터를 걸어서 주인을 찾아온 개들의 이야기를 예로 들었다. 그런데도 영감은 더욱 흥분하는 것 같았다. "하지만 그놈은 오지 않을 겁니다. 알겠어요? 누가 녀석을 거두어줄까요? 그럴 리가 없습니다. 딱지가 덕지덕지 붙은 그놈은 모든 사람에게 혐오감을 줄 테니까요. 경찰이 그놈을 잡아갈 겁니다. 틀림없어요." 그래서 나는 그에게 경찰서의 동물보호소에 가보라고 하면서 비용을 어느 정도 내면 찾아올 수 있을 거라고 말해주었다. 영감은 돈이 많이 드냐고 물었다. 나는 알 수 없었다. 그러자 영감은 버럭 화를 냈다. "그 망할 놈 때문에 돈을 내다니. 아! 차라리 죽어버렸으면!" 그러더니 개에게 욕을 퍼붓기 시작했다. 레몽은 웃으며 아파트 건물로 들어갔다. 나도 그를 따라 들어갔고 우리는 층계참에서 헤어졌다. 잠시 후 영감의 발소리가 들렸다. 영감이 우리 집 문을 두드렸다. 내가 문을 열자 영감은 잠시 문간에 서 있다가 말했다. "미안합니다, 미안해요." 들어오라고 권했지만 그는 들어오려고 하지 않았다. 노인은 자신의 구두 끝만 쳐다보고 있었는데, 딱지가 앉은 그의 두 손은 떨리고 있었다. 노인은 나를 똑바로 보지도 않고 물었다. "개를 영원히 빼앗기는 것은 아니겠죠, 뫼르소 씨? 사람들이 개를 돌려주겠죠? 안 돌려주면 어떻게 해야 하죠?" 나는 그에게 동물보호소에서는 주인이 찾아갈 때까지 사흘 정도 개를 데리고 있다가 그다음에는 적절한 방식으로 처분한다고 말했다. 그는 조용히 나를 쳐다보았다. 그러더니 그는 "안녕히 계세요"라고 말했다. 그는 문을 닫고 자기 집으로 들어갔다. 그가 왔다 갔다 하는 소리가 들렸다. 영감의 침대가 삐걱 소리를 냈다. 그런데 벽을 통해 이상한 작은 소리가 들려왔고, 나는 영감이 울고 있다는 것을 알게 되었다. 그때 왜 엄마 생각이 났는지 모르겠다. 하지만 다음 날에 일찍 일어나야 했다. 배가 고프지 않아서 저녁도 먹지 않고 잤다.

5

레몽이 회사로 전화를 했다. 그의 친구 중 한 명(그에게
들은 적이 있는 친구)이 알제 근처의 작은 별장에서 일요일
하루를 보내자며 나를 초대했다고 말했다. 나는 그러고 싶
지만 여자 친구와 그날을 같이 보내기로 했다고 대답했다.
그러자 레몽은 곧바로 여자 친구도 함께 초대하겠다고 말
했다. 레몽 친구의 아내는 남자들 사이에 혼자 있지 않아도
되니 아주 기뻐할 것이라고 했다.

나는 바로 전화를 끊으려고 했다. 사장이 시내에서 걸려
오는 전화를 탐탁지 않게 생각하는 것을 알기 때문이다. 그
런데 레몽이 잠깐 기다리라고 하더니 이 초대 이야기는 저
녁에 전해주어도 되는 것이었으나 꼭 하나 알려줘야 할 얘
기가 있다고 했다. 그는 온종일 한 무리의 아랍인들에게 미
행을 당했는데 그중에는 옛 내연녀의 오빠가 있다는 것이
었다. "오늘 저녁 퇴근하다가 집 근처에서 그를 보거든 알
려줘." 나는 그러겠다고 했다.

잠시 후 사장이 나를 불렀다. 순간 짜증이 밀려왔다. 사장이 전화 통화는 줄이고 일은 더 열심히 하라고 말할 것 같았다. 그런데 전혀 다른 얘기였다. 사장은 아직은 막연하게 생각하고 있는 계획 이야기를 하고 싶다고 했다. 그는 다만 이 문제에 대한 내 의견을 듣고 싶어 했다. 사장은 파리에 사무실을 열어 직접 큰 회사들과 거래하려고 계획하고 있는데, 내가 파리 사무실에 갈 생각이 있는지 알고 싶어 했다. 그렇게 되면 파리에서 살 수 있고 일 년에 어느 정도는 여행도 할 수 있을 것 같았다. "젊은 나이니까 그런 생활이 마음에 들 것 같은데." 나는 그렇기는 해도 따지고 보면 상관없다고 했다. 그러자 사장은 생활에 변화를 주는 것에 흥미를 느끼지 않냐고 물었다. 나는 사람들은 결코 삶을 바꿀 수 없으며 어떤 삶이든 나름의 가치가 있으며 여기서 보내는 내 생활도 전혀 나쁘지 않다고 대답했다. 사장은 탐탁지 않은 표정을 지으며 내가 늘 이상한 대답이나 하고 야심도 없는데 그러한 점은 사업을 할 때 별로 좋지 않다고 말했다. 그러고 나서 나는 자리로 돌아와 일을 했다. 사장의 비위를 건드리고 싶지는 않았지만 그렇다고 내 삶을 바꿔야 할 이유도 없었다. 생각해보니 나는 불행하지 않았다. 대학생 때는 그런 종류의 야심이 많았다. 하지만 학업을 포기해야 했을 때 그런 모든 것이 사실 전혀 중요하지 않다는 것을 깨달았다.

저녁에 마리가 찾아와서 자신과 결혼할 마음이 있냐고 물었다. 나는 아무래도 상관은 없지만 그녀가 원한다면 결혼할 수도 있다고 말했다. 그러자 그녀는 내가 자신을 사랑하는지 궁금해했다. 나는 지난번에 말한 대로 그런 건 아무 의미가 없지만, 아마 사랑하지는 않는 것 같다고 대답했다. "그러면 나와 결혼을 왜 해?" 마리가 물었다. 나는 그것은 전혀 중요하지 않으니 그녀가 원한다면 우리는 결혼할 수 있다고 설명했다. 더구나 결혼을 원하는 것은 그녀였고 나는 그러자고 했을 뿐이었다. 그러자 마리는 결혼은 아주 중요한 일이라고 했다. 나는 "아니"라고 대답했다. 그녀는 한동안 아무 말 없이 조용히 나를 쳐다보았다. 그러고는 말했다. 그녀는 자신과 같은 방식으로 사귀게 된 다른 여자가 결혼하자고 했어도 내가 받아들였을지 알고 싶다고 했다. 나는 "물론이지"라고 대답했다. 그러자 마리는 자신이 왜 나를 사랑하는지 모르겠다고 했는데, 그 점은 나도 아는 것이 전혀 없었다. 잠시 아무 말 없이 있던 그녀는 내가 이상한 사람이라서, 아마도 그래서 나를 사랑하는지도 모르지만 언젠가는 같은 이유로 나를 싫어하게 될지도 모른다고 중얼거렸다. 내가 더 할 말이 없어서 가만히 있자 마리는 미소를 지으며 내 팔짱을 꼈다. 그러더니 나와 결혼하고 싶다고 고백했다. 나는 그녀가 원하면 바로 하자고 대답했다. 나는 사장의 제안에 대해 이야기했고 마리는 파리에 대해 알고 싶다고 했다. 내가 한때 파리에서 산 적이 있다고 하자 그녀는 어땠냐고 물었다. 내가 그녀에게 말했다. "더러워. 비둘기도 많고 안마당은 어두컴컴해. 사람들은 피부가 허옇고."

그러고 나서 우리는 대로를 따라 걸으며 시내 여기저기를 쏘다녔다. 아름다운 여자들이 보이기에 마리에게도 여자들을 봤냐고 물었다. 마리는 그렇다고 하면서 내가 이해가 된다고 했다. 잠시 동안 우리는 아무 말도 하지 않았다. 그래도 나는 그녀가 같이 있어 줬으면 해서 셀레스트네 식당에서 같이 저녁을 먹을 수 있냐고 물었다. 마리는 그러고 싶지만 볼일이 있다고 했다. 마리와 집 근처까지 온 뒤, 그녀에게 잘 가라고 인사했다. 마리가 나를 쳐다보았다. "무슨 볼일인지 궁금하지 않아?" 나도 알고 싶었지만 물어볼 생각을 하지 못했던 거였는데, 마리는 그런 나를 나무라는 듯한 표정을 지었다. 그러더니 당황해하는 내 표정을 보며 그녀는 또 한 번 웃었고 불쑥 온몸으로 다가와 내게 입술을 내밀었다.

나는 셀레스트네 식당에서 저녁을 먹었다. 막 먹기 시작했을 때 키가 작고 분위기가 묘한 여자 하나가 들어오더니 내 테이블에 앉아도 되느냐고 물었다. 나는 물론 그러라고 했다. 여자의 행동은 신중했고 두 눈은 사과 같은 작은 얼굴에서 반짝였다. 여자는 재킷을 벗고 자리에 앉더니 메뉴

를 열심히 살폈다. 그러고는 셀레스트를 불러 정확하면서
도 빠른 목소리로 먹을 음식을 한꺼번에 주문했다. 전채 요
리를 기다리는 동안 여자는 핸드백을 열고 작은 네모난 메
모지와 연필을 꺼내 음식값을 미리 계산한 후 작은 지갑에
서 팁까지 포함된 금액을 정확히 꺼내 자기 앞에 놓았다.
그때 전채 요리가 나왔고 여자는 아주 빠르게 먹어치웠다.
그녀는 다음 요리를 기다리며 다시 핸드백에서 파란색 연
필과 일주일 동안의 라디오 프로그램이 나와 있는 잡지를
꺼냈다. 그러더니 아주 꼼꼼히게 거의 모든 프로그램에 하
나씩 표시를 했다. 약 열두 페이지 정도의 잡지였는데, 여
자는 식사를 하는 동안 이 작업을 꼼꼼하게 계속했다. 내가
식사를 마쳤을 때도 여자는 여전히 표시를 하고 있었다. 그
러더니 자리에서 일어나 아까와 마찬가지로 자동인형처럼
정확한 몸짓을 한 채 재킷을 다시 입고 식당을 나갔다. 특
별히 할 일이 없었던 나도 식당 밖을 나가 한동안 여자의
뒤를 따랐다. 여자는 인도의 가장자리에서 믿을 수 없이 빠
르고 정확한 걸음으로, 옆으로 벗어나거나 뒤도 돌아보지
않고 자기 길을 갔다. 결국 나는 여자를 시야에서 놓치고
발걸음을 돌렸다. 이상한 여자라는 생각이 들었지만 그 여
자를 어느새 금방 잊었다.

집 현관 앞에 살라마노 영감이 서 있었다. 나는 영감에게
들어오라고 했다. 영감은 동물보호소에 개가 없었다며 개

를 잃어버린 것 같다고 알려주었다. 동물보호소 직원들 말로는 개가 차에 치였을 가능성에 대해 말했다고 한다. 그래서 영감은 경찰서에 가면 그런 일이 있었는지 알 수 있는 게 아니냐고 물었다. 그랬더니 개가 차에 치이는 일은 매일 일어나서 기록을 남기지는 않는다는 대답이 돌아왔다고 한다. 내가 살라마노 영감에게 다른 개를 길러보는 건 어떠냐고 물었지만 영감은 이미 그 개에게 익숙해졌다고 말했다. 그의 말이 맞았다.

나는 침대에 웅크리고 앉아 있었고 살라마노 영감은 테이블 앞 의자에 앉아 있었다. 그는 두 손을 무릎 위에 올려놓은 채 나와 마주 보고 있었다. 낡은 펠트 모자는 그대로 쓴 채였다. 그는 누런 콧수염 사이로 우물거리며 말했다. 그의 존재가 조금 귀찮았지만 딱히 할 일도 없었고 졸리지도 않았다. 무슨 말이라도 해야 할 것 같아서 그의 개에 대해 물었다. 그는 아내가 죽은 후부터 개를 키웠다고 했다. 살라마노 영감은 결혼을 꽤 늦게 한 편이었다. 젊었을 때 그는 연극을 하고 싶어 했고 군대에서는 군인들을 위한 연극에 출연하기도 했다. 하지만 결국 철도국에 들어가게 되었는데, 후회하지는 않는다고 했다. 현재 조금이라도 연금을 탈 수 있어서였다. 그는 아내와 행복하지는 않았으나 대체로 아내에게 익숙해졌다고 했다. 아내가 죽자 그는 외로움을 많이 느꼈다. 그래서 직장 동료에게 개 한 마리를 부탁해 아주 어린 강아지를 데려왔다. 처음에는 젖병을 물려서 먹여 키워야 했다. 하지만 개는 사람보다 수명이 짧아서 결국 둘은 같이 늙어버렸다. "그놈은 성미가 고약했어요." 살라마노 영감이 말했다. "우리는 가끔 말씨름을 했죠. 그래도 좋은 개였습니다." 내가 혈통 좋은 개였다고 말하자 살라마노는 만족하는 표정을 하더니 이렇게 덧붙였다. "그리고 말이죠. 녀석이 아프기 전에 어땠는지 모르죠? 최고로 멋진 건 털이었어요." 개가 피부병에 걸린 후로 살라마노는 매일 아침저녁으로 연고를 발라주었다고 했다. 그는 개가 앓은 진짜 병은 노화인데 노화는 고칠 수 없는 거라고 말했다.

그때 나는 하품을 했고 영감은 그만 가보겠다고 말했다. 나는 그에게 좀 더 있어도 된다고 했고 개가 그렇게 되어 걱정된다고 말했다. 그는 고맙다고 했다. 그리고 나는 엄마가 그 개를 많이 좋아했다고 말했다. 그는 엄마 이야기를 하면서 "가여운 모친"이라고 말했다. 그는 엄마가 죽은 후 내가 매우 슬펐을 거라고 짐작했고 나는 아무 대답도 하지 않았다. 그러자 그는 당황한 표정을 하곤 빠른 어조로 동네 사람들이 어머니를 양로원에 보낸 나를 안 좋게 봤다는 것을 안다고, 그러나 그는 내가 어떤 사람인지 알고 있고, 엄마를 많이 사랑한다는 것도 알고 있다고 했다. 지금도 이유는 모르겠지만, 나는 지금까지 그 일로 사람들이 나를 안 좋게 본다는 것을 모르고 있었으며, 엄마를 돌볼 사람을 둘 정도로 벌이가 넉넉하지 않아서 양로원으로 모시는 게 당연하다고 생각했다고 대답했다. "더구나 오래전부터 엄마는 제게 말도 안 하셨고 혼자서 심심해하셨습니다." 내가 덧붙였다. "그럼요." 그가 말했다. "양로원에 있으면 친구라도 생기죠." 그리고 그는 실례했다면서 이제 그만 자러 가야겠다고 했다. 이제 그의 생활은 달라졌고 앞으로 어떻게 할지 너무나 막막해했다. 그가 처음으로 나에게 슬며시 손을 내밀었다. 그의 손에 생긴 살비듬을 느낄 수 있었다. 그는 가기 전에 옅은 미소를 지으며 이렇게 말했다. "오늘 밤은 개들이 짖지 않았으면 좋겠네요. 왠지 내 개가 짖는 건 아닐까 하는 생각이 계속 들 것 같아서요."

## 6

일요일, 잠에서 깨기가 힘들었다. 그래서 마리가 나를 부르며 흔들어 깨워야 했다. 우리는 일찍 해수욕을 하고 싶어서 아침을 먹지 않았다. 속이 완전히 빈 것 같았고 머리도 좀 아팠다. 담배에서 쓴맛이 났다. 마리는 내가 '죽을상'을 하고 있다며 놀려댔다. 마리는 흰색 원피스를 입고 머리를 풀어 늘어뜨린 모습이었다. 내가 예쁘다고 말하자 그녀는 기뻐하며 웃었다.

우리는 내려가면서 레몽의 방문을 두드렸다. 레몽이 내려오겠다고 대답했다. 길로 나서자, 피곤해서인지 아니면 우리가 덧문을 닫고 있어서였는지는 모르겠지만, 벌써 한낮처럼 밝은 햇볕이 내 얼굴을 후려치는 것 같았다. 마리는 기뻐서 펄펄 뛰며 날씨가 좋다는 말을 계속했다. 나도 기분이 조금 더 나아지면서 허기가 느껴졌다. 마리에게 이 말을 하자 그녀는 우리 두 사람의 수영복과 수건 한 장이 들어 있는 방수 가방을 열어서 보여주었다. 기다리는 수밖에 없었다. 우리는 레몽이 문을 닫는 소리를 들었다. 그는 파란색 바지와 흰색 반팔 셔츠를 입고 있었다. 그런데 그가 쓴 밀짚모자를 보고 마리가 웃었다. 검은 털로 뒤덮인 레몽의 팔은 아주 하얬는데, 그 모습이 내게는 조금 역겹게 다가왔다. 레몽은 휘파람을 불면서 계단을 내려왔다. 아주 기분이 좋아 보였다. 그가 내게 말했다. "안녕 친구." 그리고 그는 마리를 '마드모아젤(미혼 여성을 예의 바르게 부르는 프랑스어 호칭-옮긴이)'이라고 불렀다.

전날 우리는 경찰서에 갔고, 나는 그 여자가 레몽을 '무시했다'고 증언했다. 레몽은 경고를 받고 풀려났다. 경찰은 나의 진술이 사실인지 확인하지 않았다. 문 앞에서 우리는 레몽과 그 일에 대해서 이야기를 나누었다. 그런 다음 버스를 타고 가기로 했다. 해변은 그리 멀지 않지만 버스를 타면 더 빨리 갈 수 있을 것이다. 레몽은 자기 친구도 우리가 일찍 도착하면 기뻐할 것이라 생각했다. 출발하려는데 갑자기 레몽이 맞은편을 보라고 눈짓했다. 한 무리의 아랍인들이 담배 가게 진열창에 서 있는 모습이 보였다. 그들은 조용히, 하지만 그들 나름의 방식으로 우리를 바라봤다. 마치 우리가 돌이나 죽은 나무 그 이상도 그 이하도 아니라는 듯한 시선이었다. 레몽은 왼쪽에서 두 번째가 그 녀석이라고 말하며 걱정스러운 표정을 했다. 하지만 이제는 다 끝난 일이라고 덧붙였다. 마리는 상황이 이해가 가지 않아 무슨 일이냐고 물었다. 나는 저 사람들이 레몽에게 원한을 품은 아랍인들이라고 대답했다. 마리는 당장 출발하고 싶어 했다. 레몽이 다시 자세를 바로 하더니 서둘러야겠다고 말하며 웃었다.

우리는 조금 떨어진 버스 정류장으로 갔고 레몽은 내게 아랍인들이 따라오지 않는다고 말했다. 나는 뒤를 돌아봤다. 아랍인들은 여전히 같은 자리에 그대로 서서 우리가 방금 떠나온 곳을 여전히 무심하게 바라보고 있었다. 우리는 버스를 탔다. 레몽은 완전히 안심하는 것 같았고 마리에게 계속 농담을 했다. 레몽은 마리를 마음에 들어 하는 것 같았지만 마리는 그에게 거의 대꾸를 하지 않았다. 마리는 가끔 웃으면서 레몽을 쳐다볼 뿐이었다.

우리는 알제의 교외에서 내렸다. 해변은 버스 정류장에서 멀지 않았다. 하지만 바다를 굽어보며 모래사장 쪽으로 쭉 뻗은 작은 언덕을 지나야 했다. 이미 한층 색이 진해진 푸른 하늘을 배경으로 서 있는 언덕은 노르스름한 돌과 새하얀 수선화로 덮여 있었다. 마리는 방수 가방을 휘둘러 꽃잎을 흩트리며 장난을 쳤다. 우리는 초록색 혹은 흰색 울타리가 있는 작은 저택들 사이를 걸었다. 어떤 저택들은 베란다까지 타마리스 나무에 파묻혀 있었고 어떤 저택들은 주변 돌들 사이에 덩그러니 서 있었다. 언덕 끝에 도착하기 전, 벌써 잔잔한 바다가 눈에 들어왔고, 저 멀리 맑은 물속에 잠든 것처럼 고요히 서 있는 커다란 곳이 보였다. 고요한 가운데 가벼운 모터 소리가 우리에게까지 들렸다. 그리고 아주 먼 곳에서는 반짝이는 바다 위로 움직이는 듯 마는 듯 앞으로 가는 작은 트롤 어선이 보였다. 마리는 바위에서 붓꽃을 몇 송이 꺾었다. 바다로 내려가는 비탈길에서 보니 벌써 해수욕을 하는 사람들이 몇 명 있었다.

레몽의 친구는 해변 끝에 있는 작은 목조 별장에서 살고 있었다. 집은 바위를 등지고 있었는데, 집의 밑부분을 받치는 기둥은 이미 물속에 잠겨 있었다. 레몽이 우리를 소개했다. 그의 친구 이름은 마송이었다. 마송은 키가 큰 사람이었는데 몸집도 우람하고 어깨가 딱 벌어졌으며, 그의 아내는 키가 작고 통통했는데 친절하고 파리 억양으로 이야기를 했다. 마송은 인사를 하자마자 우리에게 편히 지내라고 하면서 아침에 막 잡은 생선으로 만든 튀김이 있다고 했다. 나는 그에게 집이 참 예쁘다고 했다. 그는 토요일과 일요일, 그리고 휴일이면 이곳에서 지낸다고 알려주었다. "아내와 잘 맞거든요." 그가 덧붙였다. 마침 그의 아내는 마리와 함께 웃고 있었다. 아마도 그 순간 처음으로 결혼을 진지하게 생각한 것 같다.

마송이 헤엄치러 가자고 했으나 그의 아내와 레몽은 가고 싶어 하지 않았다. 우리 세 사람은 바닷가 쪽으로 내려갔고, 마리는 곧장 물속으로 뛰어들었다. 마송과 나는 잠시 기다렸다. 마송은 말을 천천히 했는데, 말끝마다 '그뿐만 아니라'를 덧붙이는 버릇이 있었다. 그가 한 말에 부연 설명을 할 필요가 없을 때도 마찬가지였다. 그는 마리에 대해 내게 말했다. "굉장한 미인이네요. 그뿐만 아니라 매력적이기도 하고요." 그 뒤로는 기분 좋게 햇볕을 쬐는 데 정신이 팔려 그의 말버릇에 더 이상 신경을 쓰지 않았다. 발밑에서 모래가 뜨거워지기 시작했다. 물속으로 들어가고 싶은 욕망을 참고 있다가 마송에게 "들어갈까요?"라고 말했다. 나는 물속으로 뛰어들었다. 그는 천천히 물속으로 들어가 발이 땅에 닿지 않게 되자 수면으로 몸을 던졌다. 그는 개구리헤엄을 쳤지만 꽤 서툴러서 나는 마송을 남겨둔 채 마리에게 갔다. 물은 차가웠고, 헤엄을 치니 즐거웠다. 마리와 함께 멀리까지 헤엄쳐 나갔는데, 우리의 몸놀림과 만족감이 하나가 된 것 같았다.

바다 한가운데로 나간 우리는 수면에 반듯하게 누웠다. 하늘로 향한 얼굴을 비추는 태양이 입으로 흘러드는 마지막 물의 장막까지 걷어주었다. 마송이 햇볕을 쬐려고 모래사장으로 돌아가 몸을 쭉 뻗고 누워 있는 모습을 보았다. 멀리서 봐도 그는 우람했다. 마리는 나와 함께 헤엄을 치고 싶어 했다. 나는 마리의 뒤로 가 허리를 잡고 마리가 두 팔을 흔들며 앞으로 가는 동안 두 발로 물장구를 쳐서 그녀를 도왔다. 물을 때리는 작은 소리가 아침 공기 속에서 우리를 따라오고 있었다. 나는 피곤해졌다. 그래서 마리를 남겨두고 규칙적으로 헤엄을 치고 숨을 고르게 쉬면서 돌아왔다. 해변에 도착한 나는 마송 곁에 배를 바닥에 대고 엎드려 모래에 얼굴을 묻었다. 나는 그에게 "좋았어요"라고 말했고, 마송도 동의했다. 잠시 후 마리가 왔다. 나는 고개를 돌려 마리가 걸어오는 모습을 보았다. 마리는 소금물에 젖어 온몸이 미끈거렸고 머리카락은 뒤로 늘어져 있었다. 마리와 나는 서로 바짝 붙어서 누웠는데, 그녀의 몸에서 느껴지는 온기와 햇볕의 열기 때문에 스르르 잠이 들었다.

마리가 나를 흔들어 깨우더니 마송이 집으로 올라갔다고 말했다. 점심 먹을 시간이라는 것이었다. 배가 고팠던 나는 즉시 일어났다. 그런데 마리는 아침부터 내가 한 번도 키스를 해주지 않았다고 했다. 사실 그렇기는 했다. 나도 내심 키스를 하고 싶긴 했다. "물속으로 와." 마리가 내게 말했다. 우리는 맨 앞에 보이는 잔잔한 물결 속으로 뛰어들어가 몸을 쭉 뻗었다. 우리는 몇 번 팔을 저었고 마리가 내게 딱 달라붙었다. 그녀의 다리가 내 다리를 휘감는 것이 느껴졌다. 순간, 그녀에게 욕구가 일었다.

우리 둘이 돌아오니 마송은 벌써 우리를 부르고 있었다. 나는 배가 몹시 고팠다고 말했다. 마송은 곧장 아내에게 내가 마음에 든다고 했다. 맛있는 빵과 내 몫의 생선을 먹어치웠다. 이어서 고기와 감자튀김이 나왔다. 우리는 모두 아무 말 없이 먹었다. 마송은 와인을 자주 마셨고 나에게도 계속 따라주었다. 커피가 나왔을 때 머리가 조금 무거웠다. 그래서 담배를 많이 피웠다. 마송과 레몽 그리고 나는 비용을 공동으로 부담해 8월을 해변에서 같이 보내기로 계획했다. 마리가 불쑥 끼어들었다. "지금 몇 시인지 알아요? 11시 반이에요." 우리 모두 놀랐다. 마송은 점심 식사를 굉장히 일찍 한 것은 맞지만 배고플 때가 곧 식사 시간이니 자연스러운 일이라고 했다. 그 말을 듣고 마리가 왜 웃었는지 모르겠다. 마리는 술을 조금 과하게 마신 것 같았다. 그때 마송은 나에게 해변가를 같이 산책하지 않겠냐고 물었다. "아내는 늘 점심을 먹은 후에는 낮잠을 잡니다. 나는 낮잠을 안 좋아해요. 나는 걸어야 하거든요. 아내에게 식사하고 걷는 것이 건강에 더 좋다고 이야기합니다. 하지만 어쨌든 아내가 결정할 일이죠." 마리는 남아서 마송 부인이 설거지하는 것을 돕겠다고 말했다. 키 작은 파리 출신 여자는 그러려면 남자들을 밖으로 내보내야 한다고 말했다. 우리 셋은 아래로 내려왔다.

태양은 거의 수직으로 모래 위에 꽂혔고 바다에 반사되는 강렬한 빛은 견디기 힘들 정도였다. 이제 해변에는 아무도 없었다. 언덕 가장자리를 따라 늘어선 작은 별장들에서는 접시와 식기가 달그락거리는 소리가 들렸다. 땅에서 올라오는 뜨거운 열기에 숨쉬기조차 힘들었다. 처음에 레몽과 마송은 내가 모르는 일과 사람들에 대해 이야기를 나누었다. 나는 그들 두 사람이 오래전부터 아는 사이라는 것과 한때 같이 산 적이 있다는 것을 알게 되었다. 우리는 해변으로 가서 바다를 따라 걸었다. 가끔 잔물결이 높게 밀려와 천으로 된 우리의 신발이 축축하게 젖었다. 나는 아무것도 쓰지 않은 머리 위로 내리쬐는 태양 때문에 반쯤 졸고 있는 상태라 아무 생각도 나지 않았다.

그때 레몽이 마송에게 무슨 말을 했는데, 나는 잘 알아듣지 못했다. 그런데 그와 동시에 해변가 저 끝 아주 멀리서 파란색 작업복 차림의 아랍인 두 명이 우리 쪽으로 걸어오는 것이 보였다. 나는 레몽을 쳐다봤다. 그러자 그가 내게 말했다. "그놈이야." 우리는 계속 걸었다. 마송은 저들이 어떻게 여기까지 우리를 따라올 수 있었던 거냐고 물었다. 나는 우리가 해수욕 가방을 들고 버스를 타는 것을 그들이 본 것이라는 생각이 들었지만 아무 말도 하지 않았다.

아랍인들이 천천히 다가오고 있었는데도 벌써 훨씬 가까워졌다. 우리는 걷는 속도를 바꾸지는 않았지만 레몽이 말했다. "마송, 싸움이 일어나면 넌 두 번째 녀석을 상대해. 내 상대는 내가 맡을 테니까. 그리고 뫼르소, 만일 또 다른 녀석이 나타나면 네가 맡아." 나는 "응"이라고 말했다. 마송은 호주머니 속에 두 손을 넣었다. 뜨겁게 달궈진 모래가 이제는 붉게 보였다. 우리는 일정한 걸음으로 아랍인들을 향해 걸어갔다. 그들과 우리 사이의 거리는 규칙적으로 좁혀졌다. 우리 사이의 거리가 불과 몇 걸음으로 좁혀지자 아랍인들이 멈춰 섰다. 마송과 나는 걸음을 늦추었다. 레몽이 곧장 자기 상대에게 갔다. 나는 그가 무슨 말을 했는지 잘 알아듣지 못했으나 레몽의 상대가 머리로 들이받는 시늉을 했다. 그러자 레몽이 먼저 주먹을 날렸고, 곧장 마송을 불렀다. 마송은 레몽이 미리 지목했던 상대에게 가서 힘껏 주먹을 두 번 날렸다. 아랍인이 물속으로 쓰러지며 얼굴을 바닥에 처박은 채 한동안 그렇게 있었다. 그의 머리 주변에서 수면으로 거품이 터져 올라왔다. 그러는 동안 레몽도 주먹을 날렸고 상대는 얼굴이 피투성이가 되었다. 레몽이 고개를 돌려 나를 바라보며 외쳤다. "이놈이 어떻게 되나 보고." 내가 레몽에게 소리쳤다. "조심해, 놈이 칼을 가지고 있어!" 하지만 이미 레몽은 팔이 베이고 입이 찢긴 상태였다.

마송이 앞으로 몸을 날렸다. 엎어져 있던 아랍인이 일어나서 칼을 가진 녀석 뒤로 몸을 숨겼다. 우리는 섣불리 움직이지 않았다. 그들은 우리에게 눈을 떼지 않고 단도로 위협하면서 천천히 뒷걸음을 쳤다. 거리가 충분히 확보되자 그들은 재빨리 달아났다. 그동안 우리는 햇볕 아래 꼼짝하지 않고 서 있었고 레몽은 핏방울이 떨어지는 자신의 팔을 움켜잡고 있었다.

마송은 곧장 일요일마다 언덕 위 별장에서 지내는 의사가 있다고 말했다. 레몽은 당장 의사에게 가고 싶어 했다. 하지만 그가 말을 할 때마다 상처에서 피가 흘러나와 입 안에서 거품을 일으켰다. 우리는 그를 부축해 서둘러 별장으로 돌아왔다. 별장에 도착하자 레몽은 상처가 깊지 않다며 의사에게 갈 수 있다고 했다. 그는 마송과 함께 떠났고 나는 남아서 여자들에게 무슨 일이 있었는지 설명해주었다. 마송 부인은 울었고 마리는 새파랗게 질렸다. 나는 그들에게 설명하는 것이 귀찮았다. 결국 나는 입을 다물고 바다를 보며 담배를 피웠다.

1시 반쯤에 레몽이 마송과 함께 돌아왔다. 레몽은 팔에 붕대를 감고 입가에는 반창고를 붙이고 있었다. 의사는 별것 아니라고 했지만 레몽은 아주 침울한 표정이었다. 마송이 기분을 풀어주려 애썼지만 레몽은 아무 말도 하지 않았다. 레몽이 해변 쪽으로 내려간다고 해서 나는 그에게 어디로 가냐고 물었다. 레몽은 바람을 좀 쐬고 싶다고 말했다. 마송과 나도 같이 가겠다고 따라나서자, 레몽이 화를 내며 우리에게 욕을 했다. 마송은 레몽의 비위를 건드리지 않는 것이 좋겠다고 만류했지만 그래도 나는 따라나섰다.

우리는 오랫동안 해변을 걸었다. 이제 태양은 짓누르는 것처럼 뜨거웠다. 햇빛이 모래와 바다 위에서 조각조각 부서졌다. 레몽은 어디로 가야 할지 잘 알고 있는 사람 같았는데, 어쩌면 내가 잘못 생각한 것일 수도 있었다. 마침내 우리는 해변 맨 끝 쪽 모래사장으로 흐르는 작은 샘에 도착했다. 샘은 커다란 바위 뒤에 있었다. 거기서 우리는 아까 그 아랍인 두 명을 발견했다. 그들은 기름기 묻은 작업복 차림으로 누워 있었는데 매우 평온해 보였고 거의 만족스럽기까지 한 표정이었다. 그들은 우리가 왔는데도 전혀 동요하지 않았다. 레몽을 찌른 녀석은 아무 말 없이 레몽을 쳐다보았다. 또 한 녀석은 작은 갈대 피리를 불고 있었는데 우리를 곁눈질하며 악기에서 나는 세 가지 음을 계속 되풀이했다.

그러는 동안 그곳에는 태양과 작은 샘물 소리와 세 가지 음이 어우러진 침묵만이 있었다. 이윽고 레몽이 주머니 속 권총에 손을 댔지만 상대는 움직이지 않았다. 두 사람은 계속 서로를 쳐다보았다. 나는 피리를 부는 녀석의 발가락 사이가 매우 벌어져 있는 것을 눈여겨보았다. 그러나 레몽은 상대에게서 눈을 떼지 않고 "해치울까?"라고 내게 물었다. 내가 말리기라도 하면 오히려 더 흥분해 총을 쏠 것이 분명하다는 생각이 들었다. 그래서 나는 그에게 그저 이렇게 말했다. "저 녀석은 아직 아무 말도 안 했는데 그냥 총을 쏴버리는 건 비겁해." 침묵과 열기 한가운데에서 작은 물소리와 피리 소리만 다시 들려왔다. 이윽고 레몽이 말했다. "그러면 저 녀석에게 욕을 하겠어. 녀석이 대꾸하면 해치울 거야." 내가 대답했다. "그래. 하지만 녀석이 칼을 뽑지 않으면 쏴서는 안 돼." 레몽이 약간 흥분하기 시작했다. 다른 녀석은 계속 피리를 불고 있었다. 두 녀석 모두 레몽의 일거수일투족을 눈여겨보고 있었다. "안 돼." 내가 레몽에게 말했다. "남자 대 남자로 싸워야지. 권총은 이리 줘. 다른 녀석이 끼어들거나 저 녀석이 칼을 뽑으면 내가 해치울게."

레몽이 나에게 권총을 줄 때 태양이 그 위로 미끄러졌다. 그러나 마치 뭔가가 주변을 막아놓기라도 한 것처럼 우리는 여전히 가만히 있었다. 우리는 고개를 숙이지 않고 서로를 쳐다보았다. 모든 것이 바다, 모래사장, 태양 그리고 피리 소리와 물소리가 만드는 이중의 침묵 사이에 멈춰 있었다. 그 순간 나는 권총을 쏠 수도 있고 쏘지 않을 수도 있다고 생각했다. 그런데 갑자기 아랍인들이 뒷걸음치더니 바위 뒤로 스르륵 사라졌다. 그래서 레몽과 나는 왔던 길을 되돌아갔다. 레몽은 기분이 조금 나아진 듯 돌아갈 때 타고 갈 버스 이야기를 했다.

나는 레몽과 함께 별장까지 갔고, 그가 나무 계단을 올라가는 동안 첫 계단참 앞에 그대로 서 있었다. 뜨거운 태양때문에 머리가 울렸고 나무 층계를 올라가 다시 여자들과마주할 생각을 하니 힘이 빠졌다. 하지만 너무 뜨거워서 눈을 뜨기 힘들 정도로 하늘에서 쏟아지는 태양의 열기 아래에서 움직이지 않고 가만히 서 있는 것도 괴로운 일이었다. 여기에 남아 있든 자리를 떠나든 결국 같았다. 잠시 후 나는 해변 쪽으로 돌아서서 걷기 시작했다.

태양은 여전히 붉게 타오르고 있었다. 모래 위에는 바다가 작은 물결로 부서지며 가쁜 숨을 몰아쉬고 있었다. 천천히 바위 쪽으로 걸어가고 있는데 햇볕 때문에 머리가 터질 것 같았다. 모든 열기가 머리 위에서 짓누르며 내가 앞으로 나아가는 것을 방해했다. 그래서 뜨거운 숨결이 얼굴에 느껴질 때마다 이를 악물고 바지 주머니 속에서 두 주먹을 불끈 쥐었다. 태양과 거기서 쏟아지는 애매한 취기를 이겨 내기 위해 온몸을 긴장시켰다. 모래, 흰 조개껍질 혹은 유리 조각에서 빛이 칼날처럼 솟구칠 때마다 턱이 실룩거렸다. 나는 한참을 걸었다.

저 멀리 햇빛과 바다의 먼지가 만들어 내는 눈부신 후광에 둘러싸인 어슴푸레한 작은 바위가 보였다. 나는 그 바위 뒤의 시원한 샘을 생각했다. 샘물이 졸졸 흐르는 소리를 다시 듣고 싶었다. 태양, 부담감, 여자들의 울음소리에서 벗어나고 싶었고 마침내 찾아낸 그늘에서 쉬고 싶었다. 그런데 좀 더 가까이 갔을 때, 레몽과 싸우던 상대가 그곳에 돌아온 것을 발견했다.

그는 혼자였다. 그는 두 손을 머리 뒤에 대고 바닥에 똑바로 누워서는 머리 부분만 바위 그늘 속에 두고 나머지

몸은 햇빛을 그대로 받고 있었다. 남자의 푸른색 작업복이 열기 속에서 김을 내고 있었다. 나는 조금 놀랐다. 내 생각으로는 이미 끝난 일이어서, 그 일에 대해선 생각지도 않고 여기로 온 것이다.

그는 나를 보자 몸을 조금 일으키고는 손을 호주머니 속에 넣었다. 물론 나도 윗옷 속에 레몽의 권총을 꽉 쥐고 있었다. 그는 다시 몸을 젖히며 누웠지만 주머니에서 손을 빼지는 않았다. 나는 그에게서 어느 정도 멀리, 십여 미터 정도 떨어져 있었다. 반쯤 감긴 남자의 눈꺼풀 사이로 순간순간 그의 시선을 느꼈다. 하지만 뜨거운 공기 때문에 내 눈에 비친 남자의 모습은 허공 속에서 아른거리는 것처럼 보였다. 파도 소리는 정오 때보다 더 느리고 낮게 들려왔다. 그때와 똑같은 태양, 그때와 똑같은 모래밭 위에 내리는 똑같은 빛이 바로 여기서 다시 이어지고 있었다. 낮 시간이 더 이상 앞으로 나가지 않고 정지해 있었고, 펄펄 끓는 금속 같은 넓은 바다에 닻을 내린 지 벌써 두 시간이 지났다. 수평선에 작은 증기선이 지나갔다. 그 아랍인에게서 계속 시선을 떼지 않고 있었기에 한쪽 시선 끝으로 검은 반점처럼 보이는 그 배를 알아볼 수 있었다.

내가 뒤로 돌아서기만 하면 일은 이대로 끝날 거라 생각했다. 하지만 태양으로 진동하는 해변 전체가 내 뒤로 밀려들었다. 나는 샘 쪽으로 몇 걸음 다가갔다. 아랍인은 움직이지 않았다. 어쨌든 그는 꽤 멀리 떨어져 있었다. 얼굴 위에 드리운 그림자 때문인지는 몰라도 그는 웃고 있는 것 같았다. 나는 기다렸다. 불로 지지는 듯한 태양의 열기가 내 뺨에 닿았고 땀방울이 눈썹 위에 맺히는 것이 느껴졌다. 엄마를 묻던 날에 본 태양과 똑같았다. 그때처럼 이마가 아팠고, 피부 밑으로 온 혈관들이 펄떡거렸다. 불로 지지는 듯한 뜨거움 때문에 더는 견딜 수 없었던 나는 한 걸음 앞으로 나섰다. 이것이 어리석은 일이며 한 발짝 움직인다고 태양을 떨쳐 버릴 수 없다는 것을 알고 있었다. 하지만 나는 한 걸음, 딱 한 걸음 앞으로 나갔다. 그러자 이번에는 아랍인이 몸을 일으키지 않은 채 칼을 뽑더니 태양빛 속에서 나를 향해 쳐들었다. 빛이 강철 위에 반사되었다. 그것은 마치 내 이마에 닿는 기다랗고 번쩍이는 칼날 같았다. 그와 동시에 눈썹에 고인 땀이 단번에 눈꺼풀 위로 흘러내려 미지근하고 두꺼운 막으로 눈꺼풀을 덮었다. 내 두 눈은 눈물과 소금으로 된 장막에 가려 보이지 않았다. 다만 이마 위에서 울리는 태양의 심벌즈 소리, 내 눈앞의 칼날에서 여전히 번쩍이는 눈부신 빛을 얼핏 느낄 뿐이었다. 그 불타는 칼은 내 속눈썹을 쥐어뜯고 두 눈을 고통스럽게 후벼 팠다. 모든 것이 기우뚱거린 것은 그때였다. 바다가 묵직하고 뜨거운 바람을 실어 왔다. 하늘이 전부 활짝 열리고 불이 비오듯 쏟아지는 것 같았다. 온몸은 긴장했고, 나는 손으로 권총을 꽉 쥐었다. 방아쇠가 당겨졌다. 권총 손잡이의 매끈한 배가 만져졌다. 날카롭고 귀를 얼얼하게 하는 소리 속에서 모든 것이 시작되었다. 나는 땀과 태양을 흔들어 털어버렸다. 낮의 균형, 행복했던 어느 바닷가의 특별한 침묵을 내가 깨뜨려버린 것을 깨달았다. 그리고 나는 축 처진 채 움직이지 않는 몸뚱이에 다시 네 발을 쏘았다. 총알들이 상대방의 몸에 깊이 들어가 보이지 않았다. 그것은 마치 내가 불행의 문을 두드리는 네 번의 짧은 노크와 같았다.

L'ÉTRANGER

II

# 1

　체포되자마자 여러 번 신문을 받았다. 신원을 파악하기
위한 것이어서 오래 걸리지는 않았다. 처음 경찰서에서는
아무도 내 사건에 관심을 갖지 않는 것처럼 보였다. 일주일
후, 예심판사는 반대로 나를 호기심 어린 눈으로 바라보았
다. 하지만 먼저 그는 나에게 이름, 주소, 직업, 생년월일과
출생지를 물었을 뿐이다. 그러고는 내가 변호사를 선임했
는지 알고 싶어 했다. 나는 안 했다고 털어놓으면서 변호사
를 꼭 선임해야 하냐고 물었다. "왜죠?" 그가 물었다. 나는
내 사건이 매우 간단한 것이라 생각한다고 대답했다. 그는
웃으면서 말했다. "그것도 하나의 의견입니다. 하지만 법이
란 것이 있습니다. 미리 변호사를 선임하지 않으면 우리 쪽
에서 국선 변호사를 지정합니다." 사법부가 그런 세부적인
일을 맡아준다니 대단히 편리하다는 생각이 들었다. 이 이
야기를 예심판사에게 했다. 그도 나와 같은 생각이었고 법
이 잘되어 있다고 결론을 내렸다.

처음에는 이를 진지하게 생각하지 않았다. 그는 커튼이 드리워진 어느 방에서 날 맞아주었다. 그 방에 있는 전등이라고는 판사의 책상 위에 있는 것 하나뿐이었다. 전등 불빛은 그가 나에게 앉으라고 한 의자를 비추었고, 예심판사 그자신은 어둠 속에 머물러 있었다. 전에 책에서 이와 비슷한 묘사를 읽은 적이 있었다. 이 모든 것이 나에게는 장난처럼 느껴졌다. 대화가 끝난 뒤에는 반대로 내가 그를 쳐다보았다. 그가 반듯한 용모에 파란 눈은 움푹 들어갔으며, 키가 크고 회색 콧수염과 숱 많은 백발을 가진 사람이라는 것을 알 수 있었다. 그는 매우 합리적으로 보였고 입술을 쫑긋거리는 거슬리는 버릇이 있어도 나름 호감이 가는 인상이었다. 심문실에서 나올 때 그에게 손을 내밀려고 했지만, 바로 그 순간 내가 사람을 죽였다는 사실을 떠올렸다.

그다음 날 한 변호사가 감옥으로 나를 만나러 왔다. 키가 작고 통통했으며 꽤 젊었는데, 머리카락을 정성스럽게 빗어 붙인 모습이었다. 더운데도(나는 셔츠 차림이었다) 그는 짙은 색 정장 차림에 끝이 접힌 칼라에 굵은 흑백 줄무늬가 있는 희한한 넥타이를 매고 있었다. 그는 겨드랑이에 끼고 있던 서류 가방을 내 침대 위에 놓고 자기소개를 하더니 나의 서류를 검토했다고 말했다. 내 사건이 까다롭기는 해도 자신을 믿어준다면 분명 재판에서 이길 것이라고 했다. 내가 고맙다고 하자 그가 나에게 말했다. "본론으로 들어가죠."

　그는 침대 위에 앉은 다음 나의 사생활에 대해 알아보았다고 했다. 그는 나의 엄마가 최근에 양로원에서 사망한 사실을 알아냈다. 그래서 마랭고에서 조사를 했고, 조사 결과 엄마의 장례식 날 '내가 무덤덤한 태도를 보였다'는 사실을 알게 되었다. 변호사가 나에게 말했다. "그런데 말입니다, 이런 걸 묻는 것이 조금 난감한 일이긴 해요. 하지만 매우 중요하죠. 만일 내가 반박할 논리를 찾아내지 못하면 검사 측에게 유리해질 수도 있습니다." 그는 내가 협조해 주기를 바랐다. 그는 나에게 그날 슬펐냐고 물었다. 그 질문을 듣고 나는 많이 놀랐다. 만일 내가 이런 질문을 하는 입장이었다면 매우 곤란했을 것이다. 하지만 나는 내 자신에게 묻는 습관을 약간 잃어버렸기에 당시의 감정에 대해 알려주기는 힘들다고 대답했다. 엄마를 좋아한 것 같지만 그런 것은 아무 의미도 없었다. 정상적인 사람들이라도 사랑했던 사람들의 죽음을 어느 정도는 바랐던 적이 있는 법이니까. 여기서 변호사는 나의 말을 가로막았는데, 매우 흥분한 것처럼 보였다. 그는 법정에서든 예심판사의 앞에서든 절대 그런 말을 하지 않겠다고 약속해달라고 했다. 하지만 나는 원래 육체적인 욕구로 감정이 방해받는 일이 많은 성향이라고 그에게 설명했다. 엄마의 장례식 날, 나는 매우 피곤했고 졸렸다. 그래서 무엇이 어떻게 돌아가는지 알 수 없었다. 내가 확실히 말할 수 있는 것은 엄마가 죽지 않았다면 더 좋았을 것이라는 것이었다. 그러나 변호사는 탐탁지 않아 하는 표정이었다. 그는 나에게 말했다. "그 정도로는 충분하지 않아요."

그는 생각에 잠겼다. 그는 그날 내가 자연스럽게 솟아나는 감정을 억눌렀다고 말해도 되냐고 물었다. 내가 대답했다. "아뇨, 사실이 아니니까요." 그는 내가 조금 마음에 들지 않는다는 듯 이상하다는 눈길로 바라보았다. 그는 어쨌든 원장과 직원들이 증인으로 나와 말을 할 것이고 '이것이 나에게 대단히 불리할 수 있다'고 거의 쌀쌀맞을 정도의 어조로 말했다. 나는 그에게 이 이야기는 이번 나의 사건과는 관계가 없다고 지적했지만, 그는 내가 재판에 대해 아는 게 없다는 것만은 분명히 알겠다고 대답할 뿐이었다.

그는 화가 난 표정으로 나가 버렸다. 나는 그를 붙잡고 설명하고 싶었다. 그에게 공감을 받고 싶다고, 그러니까 변호를 잘 해달라는 것이 아니라 자연스럽게 있는 그대로 말해달라고 말이다. 하지만 내가 그를 불편하게 만들었다는 것을 알게 되었다. 그는 나를 이해하지 못했고 어쩌면 나에게 조금은 화가 나 있는 것 같았다. 나는 다른 사람들과 다를 바 없으며, 지극히 평범하다는 것을 그에게 분명히 알려주고 싶었다. 하지만 이 모든 것이 결국은 별 소용이 없을 것 같았다. 나는 귀찮기도 하고 해서 그냥 포기했다.

얼마 후, 다시 예심판사 앞에 불려 갔다. 오후 2시였다. 얇은 커튼을 뚫고 들어온 빛으로 가득한 그의 사무실은 아주 더웠다. 그는 나에게 앉으라고 한 뒤 내 담당 변호사가 '어쩔 수 없는 사정' 때문에 오지 못했다고 매우 정중하게 말했다. 그러나 나에게는 자신의 질문에 대답하지 않고 담당 변호사가 입회할 때까지 기다릴 권리가 있다고 했다. 나는 혼자서도 대답할 수 있다고 말했다. 그는 손가락으로 책상 위의 버튼을 눌렀다. 젊은 서기가 들어와 내 등 바로 뒤에 자리를 잡고 앉았다.

우리는 둘 다 의자에 편하게 앉았다. 심문이 시작되었다. 판사는 우선 사람들이 나를 과묵하고 내성적이라고 하던데 여기에 대해서는 어떻게 생각하냐고 물었다. 나는 대답했다. "별로 할 말이 없습니다. 그래서 말을 안 하는 거죠." 그는 첫 심문 때처럼 미소를 지으며 그것은 적당한 이유라고 인정한 후 말을 덧붙였다. "게다가 그건 전혀 중요한 일이 아니죠." 그는 입을 다물고 나를 바라보더니 갑자기 자세를 바로 하고는 내게 아주 빠른 어조로 말했다. "내 관심사는 당신입니다." 무슨 뜻으로 하는 말인지 잘 이해가 되지 않아 아무 대답도 하지 않았다. "나로서는 당신의 행동에서 이해가 안 가는 부분들이 있습니다." 그가 덧붙였다. "당신이 내가 납득할 수 있도록 도와줄 거라 확신합니다." 나는 전부 매우 간단한 일이라고 말했다. 그는 그날 하루

어떤 일이 있었는지 다시 이야기해보라고 재촉했다. 나는 그에게 이미 들려준 이야기를 또 했다. 레몽, 해변, 해수욕, 싸움, 다시 해변, 작은 샘, 태양 그리고 다섯 발의 권총 발사. 내가 말할 때마다 그는 "그렇죠, 그렇죠"라고 했다. 내가 뻗어 있던 시체 이야기를 하자 그는 "좋아요"라고 말하며 동의했다. 나는 이렇게 같은 이야기를 반복하는 것이 지겨웠다. 이렇게 말을 많이 한 적이 없었던 것 같다.

　잠시 침묵이 흐른 후 그는 일어서더니 나를 돕고 싶고, 내게 관심이 있으며, 신이 돕는다면 나를 위해 뭔가를 해줄 수도 있다고 했다. 그러나 먼저 나에게 질문 몇 가지를 더 하고 싶다고 했다. 그러더니 뜬금없이 어머니를 사랑했냐고 물었다. 나는 "예, 누구나 그렇듯이"라고 대답했다. 그러나 그때까지 규칙적으로 타자를 치던 서기가 자판을 잘못 누른 것 같았다. 서기는 당황해하며 놓친 부분으로 다시 돌아가야 했다. 여전히 분명한 논리 없이 판사는 나에게 권총 다섯 발을 연속으로 쏘았느냐고 물었다. 나는 곰곰이 생각하다가 처음에 한 번만 쏘았고 몇 초 후 다시 네 발을 쏘았다고 분명히 말했다. "첫 번째 총알을 발사하고 두 번째 총알을 발사하기까지 왜 뜸을 들였습니까?" 판사가 물었다. 또 한 번 붉은색의 해변이 눈앞에 나타났고 태양의 타는 듯한 열기가 이마 위에 느껴졌다. 그러나 이번에 나는 아무 대답도 하지 않았다. 침묵이 이어지는 동안 판사는 어쩔 줄

몰라 하는 것 같았다. 그는 자리에 앉더니 머리카락을 헝클면서 책상 위에 팔꿈치를 괸 후 이상한 표정을 지으며 나를 향해 약간 몸을 기울였다 "왜, 왜 바닥에 쓰러진 시체에 총을 쏜 거죠?" 거기에 대해서도 나는 대답할 수 없었다. 예심판사는 두 손으로 이마를 짚고 약간 달라진 목소리로 여러 번 질문했다. "왜죠? 이유를 말해줘야죠. 왭니까?" 나는 여전히 입을 다물었다.

갑자기 그가 일어나서 사무실 한쪽 끝으로 성큼성큼 걸어가더니 서류함의 서랍 하나를 열었다. 그는 은 십자가를 꺼내더니 그것을 흔들면서 내 쪽으로 다가왔다. 그러고는 완전히 달라진 목소리, 거의 떨리는 목소리로 그가 외쳤다. "이분을 압니까? 이것 말이에요." 나는 "예, 당연히요"라고 말했다. 그러자 그는 아주 빠른 어조로 열정적으로 말하기를, 자신은 신을 믿으며, 신이 용서하지 못할 정도로 죄가 많은 인간은 하나도 없지만, 신의 용서를 받으려면 인간은 뉘우침을 통해 마음이 깨끗이 비워지고 모든 것을 받아들일 준비가 된 어린아이처럼 되어야 한다고 했다. 그는 책상 위로 온몸을 기울였고 거의 나의 머리 위에 올 정도로 십자가를 흔들었다. 솔직히 나는 그의 논리를 제대로 따라가기 힘들었다. 우선은 너무 더운 데다, 사무실에 있는 파리들이 내 얼굴에 달라붙곤 했고, 또 그가 조금 무섭게 느껴졌기 때문이었다. 동시에 우습다는 생각도 들었다. 어쨌든 범죄자는 나였으니까. 그런데 판사는 계속 떠들었다. 대략 이해한 것에 따르면 그는 나의 자백 가운데 딱 한 가지 이해할 수 없는 점이 있는데 두 번째 총을 쏘기 전에 기다렸다는 점이었다. 다른 것들은 다 이해가 되는데, 그는 그 점을 이해할 수 없다고 했다.

나는 그렇게 집요하게 따지는 것은 잘못이며 그 마지막 문제는 그리 중요하지 않다고 그에게 말할 생각이었다. 그러나 그는 나의 말을 끊고는 벌떡 일어서더니 마지막으로 한 번 더 나를 설득하려고 하면서 나에게 신을 믿느냐고 물었다. 나는 믿지 않는다고 대답했다. 그는 화를 내며 앉았다. 그는 그럴 수가 없다고, 인간은 모두 신을 믿는다고, 신을 외면하는 사람들도 신을 믿는다고 말했다. 그것은 그의 신념이었다. 그리고 그는 이를 의심해야 한다면 자기 인생은 더 이상 의미가 없어지고 말 거라고 했다. "그러니까 당신은 나의 삶이 무의미해지기를 바랍니까?" 그가 외쳤다. 이는 나와는 상관없어 보였다. 그래서 나는 그에게 그렇게 말했다. 그러나 그는 이미 책상 위로 손을 뻗어 그리스도의 십자가상을 내 눈앞에 들이밀며 이성을 잃은 듯 소리 질렀다. "나는 기독교 신자야. 나는 이분께 너의 잘못을 용서해달라고 부탁하고 있어. 어떻게 그리스도께서 너를 위해 고통받으셨다는 것을 안 믿을 수 있지?" 그가 나에게 반말을 하고 있다는 것을 알아차렸지만, 이제는 지겨웠다.

점점 더 더워지고 있었다. 언제나 그렇듯이 별로 듣고 싶지 않은 사람에게서 벗어나고 싶을 때 그랬던 것처럼 그의 말을 인정하는 척했다. 놀랍게도 그는 의기양양하게 "거 봐, 그것 보라고. 너도 믿잖아. 그리고 하느님께 너를 맡기려 하잖아"라고 말했다. 물론 나는 한 번 더 아니라고 했다. 그는 다시 의자에 털썩 주저앉았다.

판사는 매우 피곤해 보였다. 잠시 동안 그는 잠자코 가만히 있었다. 그동안에도 쉬지 않고 대화를 따라온 타자기가 마지막 문장을 계속 기록하고 있었다. 이어서 예심판사가 약간 슬픈 표정으로 나를 뚫어지게 바라보았다. 그가 중얼거렸다. "당신처럼 영혼이 메마른 사람을 본 적이 없습니다. 내 앞에 온 범죄자들은 언제나 그리스도께서 받은 고통을 상징하는 이 십자가 앞에서 눈물을 흘렸습니다." 나는 그들이 범죄자이기 때문에 그럴 뿐이라고 대답하려고 했다. 그러나 나 역시 그들과 같다는 생각이 들었다. 나로서는 그 생각에 익숙해질 수가 없었다. 판사는 심문이 끝났다는 것을 알려주기라도 하려는 듯 자리에서 일어났다. 그는 여전히 조금 지친 표정으로 내가 한 행동을 후회하느냐고 물었다. 나는 곰곰이 생각하다가, 진심으로 후회한다기보다는 어느 정도는 귀찮은 느낌이 크다고 말했다. 그는 나를 이해하지 못하는 것 같았다. 하지만 그날의 일은 그걸로 끝이었다.

그 후 나는 예심판사를 다시 만났다. 다만 매번 담당 변호사가 나와 함께했다. 예심판사는 내가 전에 했던 진술 중 몇 가지를 정확히 밝혀달라고 요구할 뿐이었다. 그게 아니면 나의 담당 변호사와 기소에 관한 의견을 나누기도 했다. 그러나 그러는 중에도 사실상 이들은 나에게 전혀 신경을 쓰지 않았다. 어쨌든 심문의 어조가 조금씩 달라졌다. 판사는 더는 내게 관심이 없어 보였고 내 사건을 어느 정도 매듭지으려고 하는 것 같았다. 그는 더 이상 나에게 신에 대해 이야기하지 않았고 나는 첫날처럼 흥분한 그의 모습을 다시는 보지 못했다. 그 결과 우리의 대화는 화기애애하게 진행되었다. 몇 가지 질문을 하고 내 담당 변호사와의 짧은 대화를 한 뒤 심문이 끝났다. 판사의 표현에 따르면 나의 사건은 순조롭게 진행되고 있었다. 가끔 대화가 일반적인 내용일 때 판사가 나를 대화에 끼워주곤 했다. 나는 숨을 돌리기 시작했다. 그때에는 그 누구도 나에게 짜증나게 굴지 않았다. 모든 것이 너무나 자연스럽고 순조로우며 소박하게 이루어져 '가족적인 분위기' 같은 희한한 인상을 받았다. 열한 달 동안 계속된 예심이 끝날 무렵, 나는 그동안 거의 아무것도 즐겁지가 않았다는 사실에 놀랐다. 판사가 자신의 사무실 문까지 따라 나와 내 어깨를 두드리며 "오늘은 끝났습니다, 반기독교 신자 양반"이라며 드물게 친근하게 말해주던 순간들만이 즐거웠다. 그러면 나는 다시 경관들의 손에 인도되었다.

2

절대 말하고 싶지 않은 것들도 있다. 감옥에 들어와 며칠이 지나자, 앞으로 살면서 이 시기의 이야기를 하고 싶지 않으리라는 것을 깨달았다.

그러나 나중에는 이러한 거부감이 더는 중요하지 않게 생각되었다. 사실, 처음 며칠 동안 나는 감옥에 있다는 걸 실감하지 못했다. 그저 막연히 무엇인가 새로운 사건을 기다리고 있었던 것이다. 모든 것이 시작된 것은 마리가 처음이자 마지막으로 면회를 온 이후부터였다. 그녀의 편지를 받은 날부터(마리는 나의 아내가 아니라서 더 이상 면회가 허락되지 않는다고 했다), 바로 그날부터 감방이 나의 집이고 나의 인생이 여기서 멈추었다는 것을 느꼈다. 체포되던 날, 나는 먼저 여러 사람들이 수감된 감방에 갇혔는데 수감자들 대부분이 아랍인들이었다. 그들은 나를 보며 웃었다. 그러더니 나에게 무슨 잘못을 저질렀냐고 물었다. 내가 아랍인 한 명을 죽였다고 하자 그들은 잠잠해졌다. 잠시 후 저

녁이 되었다. 그들은 내가 누워서 잘 돗자리를 어떻게 정
리해야 하는지 설명해주었다. 한쪽 끝을 말아 베개로 사용
할 수 있었던 것이다. 밤새 빈대들이 내 얼굴 위를 기어다
녔다. 며칠 후 나는 독방에 격리되어 나무판자 침대 위에서
잤다. 변기통과 쇠로 된 대야가 있었다. 감옥은 도시의 맨
꼭대기에 있어서 작은 창문으로 바다를 볼 수 있었다. 어느
날 철창에 달라붙어 빛이 들어오는 쪽으로 얼굴을 내밀고
있었는데 간수가 들어오더니 면회 온 사람이 있다고 했다.
나는 마리라고 생각했다. 역시 그녀였다.

　나는 면회실로 가기 위해 긴 복도를 지나고 층계를 지나
가고 끝으로 또 다른 복도를 지나갔다. 나는 넓은 통유리
창으로 빛이 들어오는 아주 큰 방으로 들어갔다. 면회실은
세로로 가로지른 두 개의 큰 철책에 의해 세 부분으로 분
리되어 있었다. 두 철책 사이에는 팔 미터에서 십 미터 정
도 간격이 있어서 면회자와 죄수 사이를 갈라놓고 있었다.
나는 내 맞은편에 줄무늬 원피스를 입고 얼굴이 햇볕에 그
을린 마리가 있는 것을 알아봤다. 내 옆에는 십여 명의 수
감자들이 있었는데 대부분 아랍인들이었다. 마리는 무어인
들에게 둘러싸여 있었는데 양옆에는 여자 면회자 두 명이
있었다. 그중 한 여자는 검은색 옷을 입은 키 작은 노파였
는데 입을 꼭 다물고 있었다. 다른 여자는 모자를 쓰지 않
은 뚱뚱한 여자로 요란한 몸짓을 하며 아주 큰 소리로 말

하고 있었다. 두 철책 사이의 거리 때문에 면회인들과 죄수
는 아주 큰 소리로 이야기해야만 했다. 면회실에 들어왔을
때 시끄러운 말소리가 크고 텅 빈 벽들에 부딪쳐 울려 퍼
지고 하늘에서 유리창들 위로 쏟아지는 직사광선이 안에
길게 뻗고 있어서 조금 얼떨떨했다. 나의 감방은 더 조용하
고 어두웠다. 여기에 적응하려면 잠시 시간이 필요했다. 그
러나 마침내 환한 빛 속에 뚜렷이 구분되는 얼굴 하나하나
를 보게 되었다. 간수 한 사람이 두 철책 사이 복도의 끝에
앉아 있는 것이 보였다. 대부분의 아랍인 죄수들과 그 가족
들은 서로 마주 보며 웅크린 채 앉아 있었다. 이들은 소리
를 지르지 않았다. 소란스러운 분위기 속에서도 그들은 아
주 나지막하게 말하면서도 서로의 말을 알아들었다. 밑에
서 올라오는 이들의 나지막한 속삭임은 이들의 머리 위에
서 교차하는 대화들의 저음부를 이루고 있었다. 이 모든 것
을 마리에게 다가가면서 잽싸게 알아챘다. 이미 철책에 달
라붙어 있던 마리는 나에게 억지로 미소를 지어 보였다. 마
리가 매우 아름답다고 생각했으나 그녀에게 이 말을 해도
될지 알 수 없었다.

"어때?" 그녀가 아주 큰 소리로 외쳤다. "그냥 그래." "잘
지내? 필요한 것은?" "응, 다 있어."

우리는 아무 말도 하지 않았고 마리는 여전히 미소를 지
었다. 뚱뚱한 여자는 내 옆의 남자를 향해 고함을 쳤는데,

아마도 그녀의 남편인 것 같았다. 그는 진솔한 눈빛을 한, 금발의 키 큰 남자였다. 그들은 이미 시작한 대화를 계속하고 있었다.

"잔은 맡기 싫대요." 여자가 큰 소리로 외쳤다. "그래, 그래." 남자가 말했다. "당신이 출소해 다시 맡을 것이라고 했는데도 잔은 맡기 싫다네."

이번에는 마리가 레몽이 안부를 전해달라고 했다고 큰 소리로 말했고 나는 "고마워"라고 말했다. 하지만 내 목소리는 "아이는 잘 지내냐"고 묻는 옆의 남자 목소리에 묻혔다. 그의 아내는 "아이는 그 어느 때보다 건강해요"라고 말하며 웃었다. 나의 왼쪽에 있는 청년은 손이 가늘고 키가 작았는데 아무 말이 없었다. 그는 작은 노파와 마주 보고 있었고 두 사람은 서로를 뚫어지게 쳐다보고 있었다. 하지만 그들을 더 관찰할 시간이 없었다. 마리가 희망을 가지라며 나에게 큰 소리로 말했기 때문이다. 나는 "응"이라고 말했다. 동시에 나는 마리를 바라보았다. 원피스 위로 그녀의 어깨를 꼭 껴안고 싶었다. 그 옷의 얇은 천을 느끼고 싶었다. 그리고 그 얇은 천 이외에 뭘 더 바랄 수 있을지 알 수 없었다. 아마도 마리가 하고 싶었던 말도 그런 것이었던 듯하다. 마리가 여전히 미소를 짓고 있었기 때문이다. 내 눈에 보이는 것은 그녀의 반짝이는 치아와 눈가의 잔주름뿐이었다. 마리가 다시 외쳤다. "나오게 될 거야. 그러면 우리 결혼해!" 나는 "정말?"이라고 대답했다. 하지만 무슨 말이라도 해야 해서 한 말이었다. 그러자 마리는 정말이라며 아주 빨리, 여전히 높은 목소리로 말했고 나는 석방될 것이며 또 해수욕도 하러 가게 될 것이라고 말했다. 그런데 마리 옆의 여자가 서기과에 바구니를 하나 맡겨놓았다며 아주 큰 소리로 말했다. 그 여자는 바구니에 넣은 것을 전부 나열했다. 전부 비싼 것이니 잘 확인해야 한다는 말이었다. 내 옆의 청년과 그의 어머니는 여전히 서로를 바라보고 있었다. 아랍인들이 속삭이는 소리는 우리의 아래쪽에서 계속되었다. 바깥에서는 유리창을 때리는 빛이 더욱 강해진 것 같았다.

몸이 조금 안 좋은 것 같아 여기서 나가고 싶었다. 시끄러운 소음 때문에 괴로웠다. 그러면서도 한편으로는 마리가 곁에 있는 이 순간을 더 누리고 싶었다. 시간이 얼마나 지났는지 모르겠다. 마리는 자신의 일에 대해 이야기했고 끊임없이 미소를 지었다. 속삭임, 외침, 대화가 왔다 갔다 했다. 서로 마주 보고 있는 청년과 노파, 두 사람만이 침묵의 섬을 이루고 있었다. 아랍인들이 조금씩 떠밀려 나갔다. 맨 처음 사람이 나가자마자 거의 모든 사람이 동시에 말을 그쳤다. 키 작은 노파가 쇠창살로 다가갔고, 동시에 간수가 그녀의 아들에게 눈짓을 했다. 아들이 "잘 가, 엄마"라고 말했다. 노파는 창살 사이로 손을 내밀어 아들에게 천천히 오랫동안 작은 손짓을 했다.

노파가 나갔다. 그사이 한 남자가 모자를 손에 들고 노파가 있었던 자리로 왔다. 그러자 남자 죄수 한 사람이 인도되어 들어왔다. 두 사람은 활기차게 이야기를 했지만 면회실이 다시 조용해져서 목소리는 작았다. 내 오른쪽 남자가 불려 나갈 차례가 되었는데, 그녀의 아내는 더 이상 크게 소리칠 필요가 없다는 것을 알아차리지 못한 듯 여전히 외치고 있었다. "건강 잘 챙기고 조심해요." 그다음 내 차례가 되었다. 마리는 나에게 키스하는 몸짓을 보여주었다. 나는 면회실을 나가기 전에 뒤를 돌아보았다. 마리는 얼굴을 창살에 바짝 댄 채 여전히 어색하고 경직된 미소를 지으며 움직이지 않고 있었다.

그녀가 나에게 편지를 보낸 것은 그로부터 얼마 지나지 않아서였다. 그리고 내가 절대로 이야기하고 싶지 않은 일들이 시작된 것도 그때부터였다. 어쨌든 무엇이건 과장해서는 안 된다. 그것은 다른 사람들보다는 내게 더 쉬운 일이었다. 감옥 생활 초기에 가장 힘들었던 점은 내가 자유로운 신분이었을 때처럼 생각한다는 것이었다. 예를 들어 해변으로 가서 바다 쪽으로 걸어가고 싶었다. 발바닥 아래로 밀려드는 첫 파도의 소리, 몸이 물속으로 들어갈 때의 느낌, 물속에서 느끼는 해방감을 상상하다 보면 이 감옥의 벽들이 얼마나 나를 옥죄고 있는지 실감이 되었다. 하지만 이런 기분도 몇 달간이었다. 그다음부터는 죄수들이 할 법한 생각뿐이었다. 나는 안뜰에서 매일 하는 산책이나 담당 변호사의 방문을 기다렸다. 나머지 시간은 그럭저럭 잘 지냈다. 당시 나는 누군가가 나를 마른 나무의 기둥 속에 넣어놓고는 머리 위에서 꽃처럼 피어나는 하늘만 보면서 살게 한다 해도 조금씩 그 상황에 익숙해질 수 있을 거라고 종종 생각하곤 했다. 그렇게 되면 나는 새들이 지나가거나 구름들이 서로 만나기를 기다렸을 것이다. 여기에서 담당 변호사의 희한한 넥타이를 기다리거나, 저 바깥세상에서 마리의 몸을 껴안기 위해 토요일까지 참고 기다렸던 것처럼 말이다. 그런데 잘 생각해보면 나는 마른 나무 기둥 속에 있는 것은 아니었다. 나보다 더 불행한 사람들도 있었다. 사실 이것은 엄마의 생각이었다. 엄마는 이 말을 자주 하곤 했다. 사람은 결국 무엇에든 익숙해진다고.

그러나 대개의 경우 보통 그렇게 깊이 생각하지는 못했다. 처음 몇 달은 힘들었다. 그래도 내가 해야 했던 노력들은 그 몇 달을 지내는 데 도움이 되었다. 예를 들어 여자에 대한 욕정으로 마음이 복잡했다. 젊은 나이니 당연했다. 특별히 마리만 생각한 것은 결코 아니었다. 그러나 나는 한 여자를, 여러 여자를, 그동안 내가 알고 지낸 모든 여자를, 그들을 사랑한 모든 상황을 얼마나 깊이 생각했는지 감방 안은 그 모든 얼굴들과 나의 욕정으로 가득 찼다. 어떤 의미에서 그런 생각들 때문에 마음이 어지러웠다. 하지만 한 편으론 시간을 때우기에 좋았다. 나는 마침내 식사 시간에 주방 보조와 같이 오는 간수장의 호감을 얻게 되었다. 그가 먼저 여자 이야기를 꺼냈다. 다른 죄수들이 가장 불만스러워하는 것도 여자 문제라고 했다. 나는 그에게 나도 다른 죄수들과 마찬가지이며 그런 대우는 부당한 것 같다고 말했다. "하지만 바로 그러려고 댁들을 감옥에 가두는 겁니다." 그가 말했다. "그러려고라뇨?" "그래요, 자유란 그런 것입니다. 댁들에게 그 자유를 빼앗는 거죠." 한 번도 생각해 본 적이 없는 부분이었다. 나는 그의 말에 동의했다. 그리고 "그렇네요. 아니면 뭐가 벌이겠어요?"라고 그에게 말했다. "그래요, 당신은 그래도 잘 이해하네요. 다른 죄수들은 안 그래요. 그렇지만 그들도 결국 스스로 문제를 해결하게 되죠." 그 말을 하고 간수는 가버렸다.

담배도 마찬가지였다. 감옥에 들어올 때 나는 허리띠, 구두끈, 넥타이, 주머니에 든 모든 것, 특히 담배를 압수당했다. 감방으로 들어온 뒤, 담배를 돌려달라고 요청했지만 담배는 금지되었다는 말을 들었다. 처음 며칠은 매우 힘들었다. 무엇보다 담배 때문에 가장 의기소침했던 것 같다. 나는 침대 판자의 나뭇조각들을 뜯어내 빨았다. 온종일 계속 구역질을 했다. 아무에게도 해를 끼치지 않는 담배를 왜 압수해 갔는지 이해가 되지 않았다. 나중에야 그것 또한 일종의 벌이라는 것을 깨닫게 되었다. 그러나 그 사실을 깨달 았을 때는 이미 담배를 피우지 않는 것에 익숙해져서 담배 없이 사는 것은 나에게 더 이상 벌이 되지 못했다.

　이런 문제들만 아니면 그렇게 불행하지 않았다. 다시 말 하지만 시간을 때우는 게 제일 문제였다. 그래도 기억을 되 살리는 방법을 배운 순간부터는 더는 심심하지 않게 되었 다. 가끔 내 방을 생각하는 습관이 생겼다. 상상 속에서 방 의 한쪽 구석에서 출발해 다시 되돌아올 때까지 지나는 길 에 놓인 것을 전부 떠올렸다. 처음에는 빨리 끝났다. 하지 만 다시 시작할 때마다 조금씩 길어졌다. 거기에 있는 가구 하나하나, 그 안에 있는 물건 하나하나, 그 물건마다 간직 한 세부 사항, 그 세부 사항마다 있는 자체의 입체감, 틈새, 이가 빠진 가장자리, 색깔이나 결 같은 것을 기억해 냈기 때문이다. 동시에 내가 기억해 낸 목록의 흐름을 놓치지 않 고 완전한 종합 목록을 만들고자 노력했다. 그러다 보니 몇 주가 지나자 내 방 안에 있는 것들을 나열하는 것만으로도 몇 시간을 보낼 수 있었다. 그렇게 깊이 생각할수록 그동 안 소홀히 한 것, 잊고 있었던 것을 더 많이 기억에서 끄집 어낼 수 있었다. 그러자 단 하루밖에 살지 않은 사람도 감 옥에서의 백 년은 어려움 없이 살 수 있다는 사실을 깨달 았다. 그런 사람도 추억거리가 꽤 있어 심심하지 않을 것이 다. 어떤 의미에서 그것은 장점이었다.

잠도 있었다. 처음에는 밤에 잘 자지 못했고 낮에는 전혀 못 잤다. 하지만 조금씩 밤에 더 잘 자게 되었고 낮에도 잘 수 있었다. 마지막 몇 달은 하루에 열여섯 시간에서 열여덟 시간을 잤다고 할 수 있었다. 그리고 남은 여섯 시간은 식사, 대소변, 나의 기억들 그리고 체코슬로바키아의 역사로 때웠다.

사실, 짚이 들어간 내 매트와 침대 판자 사이에서 옛날 신문지 한 조각을 발견했다. 천에 거의 들러붙다시피 한 신문지 조각은 노랗게 색이 바랬고 앞뒤가 비칠 정도로 얇았다. 기사의 시작 부분은 떨어져 나가고 없었으나 체코슬로바키아에서 일어난 듯한 사건 하나를 다룬 기사가 실려 있었다. 한 남자가 돈벌이를 하러 어느 체코의 마을을 떠났다. 이십오 년 후 부자가 된 그는 아내와 자식을 데리고 돌아왔다. 어머니는 누이와 함께 고향에서 여관을 운영하고 있었다. 남자는 어머니와 누이를 놀라게 해주려고 아내와 자식을 다른 여관에 남겨둔 채 어머니의 집으로 갔는데 어머니는 그가 들어와도 아들인지 알아보지 못했다. 그는 장난삼아 방을 하나 빌리기로 했다. 그리고 그는 자신의 돈을 보여주었다. 밤에 어머니와 누이는 그를 망치로 때려죽여 돈을 훔친 후 시체를 강물에 버렸다. 아침이 되자 남자의 아내가 와서 자신도 모르게 투숙객의 신원을 밝히게 되었다. 어머니는 목을 맸고 누이는 우물에 몸을 던졌다. 그 이야기를 수천 번 읽은 것 같다. 한편으로 사실 같지 않은 이야기였지만 또 한편으로는 자연스러운 이야기였다. 어쨌든 그 남자에게도 어느 정도의 책임이 있으며 절대 장난을 쳐서는 안 된다는 생각이 들었다.

이렇게 잠자는 시간, 기억, 사건 사고 기사 읽기, 빛과 어둠이 교차하는 동안 시간은 지나갔다. 감옥에 있으면 시간 개념이 없어진다는 내용의 글을 분명히 읽은 적이 있었다. 하지만 이런 이야기는 나에게 큰 의미가 없었다. 하루하루가 얼마나 길면서도 짧을 수 있는지 예전에는 몰랐다. 하루하루는 지내기에는 길었지만 너무 늘어지다 보니 결국 하루가 다른 하루로 넘쳐버렸다. 하루하루는 자기 이름을 잃어버렸다. 어제 혹은 내일만이 나에게 의미가 있었다.

어느 날 간수에게서 내가 감옥에 들어온 지 다섯 달이 되었다는 말을 들었을 때 그의 말을 믿었지만 이해하지는 못했다. 언제나 같은 날이 내 감방으로 밀려들었고 나는 같은 일을 계속하고 있었다. 그날 간수가 가고 나서 양철 식기에 비친 나의 모습을 바라보았다. 아무리 웃음을 지어 보이려 해도 나의 얼굴은 여전히 심각해 보였다. 내 모습이 비친 그릇을 흔들었다. 그러고는 다시 미소를 지어봤지만 나의 얼굴은 여전히 심각하고 슬픈 표정이었다. 날이 저물었다. 나에게는 이야기하고 싶지 않은 시간, 감옥의 모든 층에서 저녁의 소음들이 침묵의 행렬을 이루며 올라오는 이름 없는 시간이었다. 천장에 뚫린 창문으로 다가갔다. 마지막 빛 속에서 다시 한번 나의 모습을 바라보았다. 여전히 심각한 모습이었다. 그리고 그 당시, 나는 여전히 그랬기에 놀라웠다. 그러나 동시에 몇 달 만에 처음으로 나의 목소리를 분명히 들었다. 그것은 이미 오래전부터 나의 귓가에 들리던 소리였으며, 그동안 나 혼자 말하고 있었다는 것을 깨달았다. 그때 엄마의 장례식 날 간호사가 했던 말이 생각났다. 그래, 탈출구는 없었다. 감옥 안에서 보내는 저녁이 어떤 것인지 상상할 수 있는 사람은 아무도 없다.

3

실제로 여름은 매우 빨리 지나가 또다시 여름이 되었다. 첫 더위가 기승을 부리면서 나는 무엇인가 나에게 새로운 일이 생기리라는 것을 알고 있었다. 내 사건은 중죄 재판소의 마지막 회기에 등록되어 있었는데 그 회기는 6월에 끝나기로 되어 있었다. 심리는 햇빛으로 가득한 날에 열렸다. 담당 변호사는 심리가 이삼일 이상 계속되지는 않을 거라 확신했다. "뿐만 아니라." 그가 덧붙였다. "법정에서도 서두를 겁니다. 이 사건이 회기에서 가장 중요한 사건은 아니라서요. 바로 다음 사건이 존속 살해 사건이거든요."

나는 아침 7시 30분에 불려 나가 호송차에 실려 법원으로 갔다. 경관 두 사람이 나를 작고 어두침침한 방으로 들여보냈다. 우리는 어느 문 근처에 앉아서 기다렸는데 문 뒤에서는 사람들의 목소리, 누군가를 부르는 소리, 의자를 끄는 소리 같은, 동네 축제에서 음악 연주가 끝나고 춤을 출수 있게 장내를 정리하는 순간을 떠올리게 하는 북적이는 소리가 들렸다. 경관들은 재판부가 출정하길 기다려야 한다고 말했다. 경관 한 명이 담배를 권했지만 거절했다. 잠시 후 그가 나에게 떨리냐고 물었다. 나는 아니라고 대답했다. 심지어 어떤 의미에서 나는 재판을 보는 것이 재미있었다. 살면서 한 번도 이런 기회가 없었다. "그렇군요." 또 다른 경관이 말했다. "하지만 결국 따분해지겠죠."

잠시 후, 방 안에서 작은 벨 소리가 울렸다. 그러자 경관들이 내 수갑을 풀어주었다. 그들은 문을 열고 나를 피고석으로 들어보냈다. 법정은 사람들로 북적였다. 블라인드를 내렸는데도 햇빛이 여기저기로 새어 들어와 법정 안의 공기는 벌써부터 숨을 쉬기가 어려울 정도였다. 유리창은 닫혀 있는 상태였다. 나는 자리에 앉았고 내 주변을 경관들이 에워쌌다. 내 앞에 열을 지어 자리한 얼굴들이 눈에 들어온 것은 바로 그때였다. 모두 나를 바라보고 있었다. 나는 그들이 배심원들이라는 사실을 깨달았다. 그런데 얼굴들을 서로 구분하기 힘들었다. 내가 느낀 인상은 하나뿐이었다. 내 눈앞에 펼쳐진 것은 전차의 긴 의자와 거기에 앉은 이름 모를 승객들이며, 이들은 새로 전차에 오른 승객을 힐긋 쳐다보며 그에게서 뭔가 웃음거리를 찾아내려는 것 같다는 그런 인상이었다. 그러나 이것이 바보 같은 생각이라는 것은 잘 알고 있었다. 여기서 배심원들이 찾고 있던 것은 웃음거리가 아니라 범죄였기 때문이다. 하지만 그 차이는 크지 않다. 어쨌든 잠시 스친 생각이었다.

또한 이 닫힌 법정 안이 너무 많은 사람들로 가득해서 조금 정신이 없었다. 법정을 다시 한번 둘러보았지만 알아볼 수 있는 얼굴은 하나도 없었다. 그 모든 사람들이 나를 보기 위해 몰려왔다는 것을 처음에는 알아차리지 못했다. 평소에 사람들은 나의 존재에 관심이 없었기 때문이다. 내가 이 모든 소란의 원인이라는 것을 이해하기 위해서는 노력이 필요했다. 나는 경관에게 말했다. "사람들이 정말 많군요!" 그러자 경관은 신문 때문이라고 대답하면서 배심원석 아래 테이블 곁에 있는 한 무리의 사람들을 가리켰다. 그가 나에게 말했다. "저기들 있네요." 내가 물었다. "누군데요?" 그가 다시 말했다. "신문 기자들이요." 경관은 저 기자들 중 한 명을 알고 있었다. 그 기자가 경관을 보더니 우리 쪽으로 왔다. 이미 나이가 지긋하고 호감 가는 인상의 사내였는데, 얼굴을 약간 찌푸리고 있었다. 그 기자는 경관과 매우 다정하게 악수를 했다. 그 순간 나는 모든 사람들이 서로 만나 이야기를 나누고 대화를 나누는 모습이 마치 어떤 클럽에서 비슷한 사람들끼리 만나서 즐거워하는 것처럼 느껴졌다. 내 스스로가 남아도는 존재, 어쩌면 불청객 같기도 하다는 묘한 느낌이 들었다. 그러나 기자는 미소를 지으며 나에게 말을 걸었다. 그는 나에게 모든 것이 잘되기를 바란다고 말했다. 내가 고맙다고 하자 그가 덧붙여 말했다. "아시다시피 우리가 댁의 사건을 조금 띄웠습니다. 여름은 신문들에게 비수기거든요. 무엇인가 관심을 끄는 것은 댁의 사건과 존속 살해 사건밖에 없었습니다." 그리고 그는 방금 헤치고 나온 무리들 중 키 작은 어떤 남자를 가리켰다. 커다란 검은 테 안경을 쓴, 살찐 족제비처럼 생긴 남자였는데, 파리에 있는 어느 신문사의 특파원이라고 했다. "저 사람은 댁의 사건 때문에 온 것은 아닙니다. 하지만 존속 살해 사건의 재판에 대한 취재를 맡았기에 댁의 사건도 같이 기사로 만들라는 지시를 받았죠." 그 말을 듣고 하마터면 다시 고맙다는 말을 한 뻔했다. 하지만 그러면 좀 웃길 것 같았다. 그 기자는 나에게 다정하게 살짝 손짓을 하고는 가버렸다. 우리는 또다시 몇 분을 기다렸다.

담당 변호사가 법복을 입은 채 여러 다른 동료들에게 둘러싸여 들어왔다. 그는 기자들에게 가서 악수를 했다. 그들은 농담도 하고 웃기도 하는 등 매우 느긋해 보였다. 그때 법정 안에 벨 소리가 울렸다. 모두 자기 자리로 돌아갔다. 담당 변호사가 내게 와서 악수를 하고는 질문을 받으면 먼저 나서서 대답하지 말고 그 외의 일은 자신에게 맡기라고 조언했다.

나의 왼쪽에서 의자를 뒤로 빼는 소리가 들렸다. 붉은색 법복을 입고 코안경을 쓴, 키 크고 호리호리한 남자가 조심스럽게 옷을 여미며 앉는 것이 보였다. 검사였다. 진행관이 재판을 알렸다. 바로 그 순간, 커다란 선풍기 두 대가 윙윙거리기 시작했다. 판사 세 사람이 들어왔다. 둘은 검은색 옷을 입었고 나머지 하나는 붉은색 옷을 입었다. 판사들은 서류를 가지고 들어와 실내가 한눈에 들어오는 연단 쪽으로 매우 빠르게 걸어갔다. 붉은색 옷을 입은 판사가 가운데 안락의자에 앉더니, 법관 모자를 앞에 벗어놓고 조금 벗겨진 머리를 손수건으로 닦고는 개정을 선언했다.

기자들은 이미 만년필을 쥐고 있었다. 모두 무심하면서도 약간 비웃는 표정이었다. 하지만 그들 중 회색 플란넬 양복에 파란색 넥타이를 맨 유독 젊은 청년이 하나 있었는데, 그 청년만은 만년필을 내려놓은 채 나를 바라보고 있었다. 조금 비대칭인 그의 얼굴에서 매우 맑은 두 눈만 보였다. 그 눈은 뭐라고 표현할 만한 그 어떤 표정도 없이 나를 주의 깊게 바라보고 있었다. 마치 나 자신이 나를 보는 듯한 묘한 인상을 받았다. 어쩌면 그 때문에 그리고 이런 장소의 관례를 잘 몰랐기 때문에, 뒤이어 일어난 모든 일들, 즉 배심원들을 추첨하고, 변호사와 검사와 배심원에게 재판장이 질문을 하고(배심원들은 일제히 동시에 재판부 쪽으로 고개를 돌렸다), 내가 아는 지명과 인명들이 들어간 기소장을 빠른 속도로 낭독하고, 나의 담당 변호사에게 질문하는 이 일련의 과정들이 잘 이해되지 않았다.

이어서 재판장이 증인들을 부르겠다고 말했다. 진행관이

증인들의 이름을 읽었는데 거기에 관심이 갔다. 방금 전만 해도 구분이 되지 않던 방청객들 사이에서 하나씩 일어나 옆문으로 사라지는 사람들이 보였다. 양로원 원장과 관리인, 토마 페레스 영감, 레몽, 마송, 살라마노, 마리. 마리는 나에게 약간 걱정스러운 눈빛으로 신호를 보냈다. 나는 이들을 진작 알아보지 못했다는 사실에 놀라워하고 있었다. 바로 그때 마지막으로 셀레스트가 자기 이름이 불리자 자리에서 일어났다. 그의 옆에는 식당에서 본 키 작은 여자가 있었다. 그녀는 그때 입은 재킷을 입고 반듯하고 빈틈없는 모습으로 앉아 있었다. 그녀는 나를 뚫어지게 바라보고 있었다. 그러나 재판장이 말을 시작하는 바람에 곰곰이 생각할 시간이 없었다. 재판장은 정식 심리가 시작될 것이며 방청석에 조용히 해달라고 다시 부탁할 필요는 없으리라 생각된다고 말했다. 그는 사건의 심리를 공정하게 진행하고자 이 자리에 있다고 했으며 사건을 객관적으로 보고 싶다고 했다. 배심원들의 판결은 정의로운 정신에 따라 이루어질 것이며, 어쨌든 조금이라도 소란스러우면 방청객들을 퇴장시킬 거라고 말했다.

더위가 심해졌다. 방청객들이 신문지로 부채질을 하는 모습이 보였다. 그 때문에 구겨진 종이에서 조그만 소리가 계속 났다. 재판장이 신호를 보내자 진행관이 밀짚으로 된 부채 세 개를 가져왔고 세 판사는 바로 이를 사용했다.

곧바로 심문이 시작되었다. 재판장은 침착하고, 심지어
는 다정하기까지 한 말투로 나에게 질문을 했다. 또다시 신
원에 관해 이야기하라는 말에 짜증이 났으나 생각해보면
당연한 것 같았다. 사람을 착각하고 재판을 했다가는 너무
나 심각한 일이 벌어질 테니까. 이윽고 재판장이 내가 한
일에 대해 다시 이야기하기 시작했는데, 두세 마디 할 때마
다 나에게 "그런가요?"라고 물었다. 그때마다 나는 담당 변
호사가 알려준 대로 "예, 재판장님"이라고 대답했다. 재판
장은 이야기를 할 때 매우 자세한 부분까지 언급했기에 시
간이 걸렸다. 그동안 기자들은 메모를 했다. 나는 그중 가
장 젊은 기자와 그 키 작은 자동인형 같은 여자의 시선을
느꼈다. 전차의 긴 의자는 전부 재판장 쪽을 향하고 있었
다. 재판장은 기침을 하고 서류를 뒤적였으며 부채질을 하
며 내게로 시선을 돌렸다.

재판장은 우선 겉보기에는 나의 사건과 관련이 없는 것
같아도 어쩌면 매우 깊이 관계가 있을지 모르는 문제들을
다루겠다고 나에게 말했다. 그가 또 엄마 이야기를 하려 한
다는 것을 눈치채는 동시에 그것이 얼마나 지긋지긋한지
를 느꼈다. 그는 왜 엄마를 양로원에 보냈냐고 물었다. 나
는 엄마를 돌보고 간호할 돈이 부족해서라고 대답했다. 그
는 그 때문에 개인적으로 괴로웠냐고 물었다. 나는 어머니
도, 나 자신도 더 이상 서로에게, 혹은 다른 누군가에게 기

대하는 것이 아무것도 없었다고 대답했고, 우리는 둘 다 서로의 새로운 생활에 익숙해졌다고 대답했다. 그러자 재판장은 그 점에 대해서는 더 묻고 싶지 않다고 말한 후 검사에게 내게 질문할 게 없냐고 물었다.

검사는 반쯤 나에게 등을 돌리고 있었다. 그는 날 보지 않은 채, 재판장이 허락한다면 내가 아랍인을 살해할 생각으로 혼자 샘 쪽으로 되돌아간 것인지 알고 싶다고 했다. "아닙니다." 내가 말했다. "그렇다면 왜 피고는 무기를 들고 있었고 왜 바로 그 장소로 다시 갔습니까?" 나는 우연이었다고 말했다. 그러자 검사가 차가운 말투로 "지금은 이 정도로 하겠습니다"라고 말했다. 이어지는 모든 상황들은, 적어도 내게는 조금 혼란스럽게 느껴졌다. 잠시 속닥이며 몇 가지 이야기를 나눈 재판장은 폐정을 선언했고 증인 심문을 오후로 넘기겠다고 했다.

곰곰이 생각할 시간이 없었다. 이끌려 나와 호송차를 타고 감옥으로 돌아온 후 식사를 했다. 피곤하다는 생각만 들정도의 매우 잠깐의 시간이 지나고 나는 다시 법정으로 불려 갔다. 모든 것이 다시 시작되었다. 나는 같은 법정 안에, 같은 얼굴들 앞에 있었다. 다만 더위가 더 심해져서 마치 기적처럼 모든 배심원, 검사, 내 담당 변호사, 기자 몇 명이 각각 밀짚 부채를 들고 있었다. 젊은 기자와 키 작은 여자도 여전히 있었다. 하지만 그들은 부채질을 하지 않았고 아무 말 없이 여전히 나를 바라보고 있었다.

나는 얼굴에 흐르는 땀을 닦았다. 내가 어디 있는지, 또한 어떤 상황에 있는지를 알 수 있을 정도로 의식이 회복되자 양로원 원장의 이름이 불리는 소리를 들었다. 엄마가 나에 대해 불평을 했냐는 질문에 원장은 그렇다고 하면서 가족들에 대해 불평하는 것은 원생들의 기이한 습관 같은 것이라고 말했다. 양로원에 맡겨진 것에 대해 엄마가 나를 자주 원망했는지 좀 더 분명하게 말해달라는 재판장의 요청에 원장은 역시 그랬다고 말했다. 하지만 이번에 그는 아무 말도 덧붙이지 않았다. 또 다른 질문에 그는 장례식 날 나의 담담함에 놀랐다고 대답했다. 재판장이 담담하다는 것이 무슨 의미냐고 묻자 원장은 구두 끝을 내려다보더니 내가 엄마를 보려고 하지 않았고 한 번도 울지 않았으며 장례식이 끝나고 무덤 앞에서 묵념도 하지 않고 곧바로 떠났다고 말했다. 또 하나 그가 놀란 일이 있었다고 한다. 장의사 직원 한 명의 말에 따르면 내가 엄마의 나이를 몰랐다는 것이었다. 잠시 침묵이 흘렀고 재판장은 원장에게 지금까지의 이야기가 나에 대한 것이 맞냐고 물었다. 원장이 질문을 이해하지 못하자 재판장은 "법적인 절차입니다"라고 말했다. 그리고 재판장이 검사에게 증인에 대한 질문이 없냐고 묻자 검사가 외쳤다. "아! 없습니다. 충분합니다." 그 목소리가 얼마나 강렬하고 나를 바라보는 눈빛이 얼마나 의기양양하던지 몇 년 만에 처음으로 나는 바보같이 울고 싶어졌다. 이 모든 사람들에게 내가 얼마나 미움을 받고 있는지 느꼈기 때문이다.

배심원과 나의 담당 변호사에게 질문이 없냐고 물은 후 재판장은 양로원 관리인의 말을 들었다. 양로원 관리인도 다른 모든 증인들과 마찬가지로 같은 절차를 되풀이했다. 증인석에 선 관리인은 나를 바라봤다가 시선을 돌렸다. 그는 질문을 받고 대답했다. 그는 내가 엄마를 보고 싶어 하지 않았고, 담배를 피웠으며, 잠을 잤고, 밀크커피를 마셨다고 말했다. 그때 나는 방청석 전체를 술렁이게 하는 무엇인가를 느꼈고 처음으로 내가 죄인이라는 것을 깨달았다. 재판장은 관리인에게 밀크커피 이야기와 담배 이야기를 한 번 더 해달라고 했다. 검사는 빈정대는 눈빛으로 나를 바라보았다. 그때 나의 담당 변호사가 관리인에게, 그도 나와 함께 담배를 피우지 않았냐고 물었다. 그때 검사가 이 질문에 반박하며 거칠게 일어섰다. "여기서 누가 범죄자입니까? 검찰 측 증인을 모욕해 분명한 증언의 진지함을 축소하려 하다니 이 무슨 방법입니까?" 그래도 재판장은 관리인에게 질문에 대답하라고 말했다. 관리인 영감은 당황한 표정이었다. "제가 잘못했다는 것을 잘 압니다. 하지만 저분이 권하던 담배를 차마 거절할 수 없었습니다." 끝으로 재판장은 나에게 덧붙일 말이 없냐고 물었다. "없습니다.'내가 대답했다. "다만 증인의 말은 맞습니다. 제가 그에게 담배를 권한 것은 사실입니다." 그러자 관리인은 약간 놀라면서 감사를 담은 눈빛으로 나를 바라보았다. 잠시 망설이던 그는 밀크커피를 나에게 권한 것은 자신이었다고 말했다. 나의 변호사는 의기양양해져 배심원들이 이 점을 참작할 거라고 말했다. 그런데 검사가 우리의 머리 위로 벼락처럼 큰 소리로 말했다. "예, 배심원들께서는 참작해 주실 겁니다. 그리고 배심원들께서는 타인이야 커피를 권할 수도 있으나 아들이라면 자신을 낳아준 어머니의 시신 앞에서 커피를 거절해야 한다고 결론을 내리실 겁니다." 관리인은 자기 자리로 돌아갔다.

토마 페레스의 차례가 되자 진행관이 그를 증인석까지 부축해야 했다. 페레스는 특별히 우리 엄마와 잘 아는 사이였고 나를 장례식 날 딱 한 번 봤을 뿐이라고 말했다. 그날 내가 어떻게 행동했느냐는 질문에 페레스가 대답했다. "사실, 전 너무 힘들었습니다. 그래서 아무것도 보지 못했습니다. 힘들어서 아무것도 보이지 않았죠. 왜냐하면 저에게는 너무나 마음 아픈 날이었기 때문입니다. 심지어 정신을 잃기까지 했죠. 그래서 저분을 보지 못했습니다." 검사는 적어도 내가 우는 모습을 봤냐고 물었다. 페레스는 "아니오" 라고 말했다. 그러자 이번에는 검사가 "배심원들께서 이점도 참작해 주실 겁니다"라고 말했다. 그러자 내 변호사가 화를 냈다. 내가 보기에도 그는 과장된 어조로 페레스에게 내가 울지 않은 것을 본 적이 있냐고 물었다. 페레스는 "아니오"라고 대답했다. 방청객들은 웃었다. 그러더니 내 변호사는 한쪽 소매를 걷어붙이며 단호한 어조로 말했다. "자, 이것이 이 재판의 진짜 모습입니다. 모든 것이 사실이라면서 그 무엇 하나 사실인 것이 없습니다." 검사는 굳은 얼굴로 문서의 제목을 연필로 찍어댔다.

　오 분간의 휴정 시간에 변호사는 나에게 모든 것이 잘되고 있다고 말했다. 이어서 피고인 측에서 요청한 셀레스트의 증언이 있었다. 피고인 측은 나였다. 셀레스트는 때때로 내가 있는 쪽에 시선을 던졌고 두 손으로 파나마모자를 빙빙 돌려댔다. 그는 가끔 일요일에 나와 같이 경마장에 갈 때 입었던 새 양복을 입고 있었다. 하지만 셔츠에 칼라를 달지 못했는지 구리 단추로만 여미고 있었다. 내가 그의 손님이었냐는 질문에 그는 "예, 하지만 친구이기도 했습니다"라고 말했다. 나를 어떻게 생각하냐는 질문에 그는 내가 사나이였다고 대답했다. 사나이란 무슨 뜻이냐는 질문에 그는 누구나 그 뜻은 다 안다고 말했다. 내가 내성적인 성격이란 것을 알고 있었냐는 질문에 그는 다만 내가 쓸데없는 말을 하지 않았다고 대답했다. 검사는 내가 식사비는 꼬박꼬박 잘 냈냐고 묻자 셀레스트는 웃고는 "그것은 우리 사이의 사사로운 일이었습니다"라고 말했다. 당시 나의 범죄를 어떻게 생각하냐는 질문에 그는 증언대 위에 손을 올려놓았다. 그가 무엇인가 할 말을 준비했다는 것을 알 수 있었다. 그가 말했다. "제 생각에 그것은 하나의 불행입니다. 하나의 불행. 누구나 그것이 무엇인지를 압니다. 어떻게든 막을 수 없죠. 맞습니다! 제 생각으로는 하나의 불행입니다." 그는 계속하려고 했으나 재판장이 이제 됐다며 고맙다고 했다. 그러자 셀레스트는 약간 당혹스러운 것 같았다. 그러나 그는 좀 더 이야기를 하고 싶다고 말했다. 재판장은 간단히 말해달라고 요청했다. 셀레스트는 그것은 하나의 불행이었다는 말을 반복했다. 그러자 재판장은 "예, 알았습니다. 하지만 그런 종류의 불행을 판단하기 위해 우리가 여기에 있는 것입니다. 감사합니다"라고 말했다. 그때 셀레스트는 나름의 방법과 성의를 다 보여주었다는 듯이 나에게 고개를 돌렸다. 그의 눈이 반짝이고 입술이 떨리는 것 같았다. 그는 나를 위해 자신이 무엇을 더 할 수 있을지 묻는 표정이었다. 나는 아무 말도, 몸짓도 하지 않았으나 살면서 처음으로 한 인간을 안아주고 싶은 마음이 생겼다. 재판장은 그에게 증인석에서 내려와 달라고 다시 한 번 부탁했다. 셀레스트는 방청석에 가서 앉았다. 나머지 심문이 계속되는 동안 셀레스트는 몸을 약간 앞으로 기울여 무릎에 팔꿈치를 괴고 두 손으로 모자를 잡은 채 오가는 모든 이야기를 들었다. 마리가 들어왔다. 그녀는 모자를 쓰고 있었고 여전히 아름다웠다. 하지만 머리를 풀어 헤친 모습이 더 좋았다. 내가 있는 곳에서도 그녀의 젖가슴의 무게감을 느낄 수 있었고 그녀의 아랫입술이 여전히 조금 부풀어 있는 것도 보였다. 그녀는 신경이 매우 날카로워져 있는 것 같았다. 그녀는 곧바로 언제부터 나를 알았냐는 질문을 받았다. 그녀는 우리 회사에서 같이 일했던 시기를 알려주었다. 재판장은 나와 어떤 관계인지 알고 싶다고 했다. 마리는 자신이 나의 여자 친구라고 말했다. 또 다른 질문에 그녀는 나와 결혼하기로 되어 있는 것은 사실이라고 대답했다. 서류를 뒤적이던 검사가 우리의 관계가 언제 시작되었느냐고 갑자기 물었다. 마리는 그 날짜를 말했다. 검사는 그 날짜는 엄마가 죽은 다음 날 같다고 무심한 표정으로 말했다. 그리고 그는 약간 비아냥거리며 민감한 상황에 대해서는 더 자세히 묻고 싶지 않고 마리의 양심을 잘 이해하지만(여기서 그의 어조가 차가워졌다) 의무상 어쩔 수 없이 실례를 할 수밖에 없다고 말했다. 그래서 그는 마리에게 나와 정식으로 사귀게 된 그날 하루 동안의 일을 요약해달라고 했다. 마리는 이야기하고 싶지 않아 했으나 검사의 독촉에 어쩔 수 없이 우리의 해수욕, 우리가 같이 영화관에 간 일 그리고 함께 우리 집에 돌아온 일을 이야기했다. 검사는 마리의 진술을 듣고 그날의 영화 프로그램을 이미 조사했다면서, 그때 어떤 영화가 상영되고 있었는지 마리가 직접 말해주었으면 좋겠다고 덧붙였다. 그러자 마리는 하얗게 질린 목소리로 페르낭델이 나오는 영화였다고 말했다. 그녀의 말이 끝나자 법정은 쥐 죽은 듯이 조용해졌다. 그러자 검사가 일어서서 매우 심각하게, 내가 생각하기에도 흥분한 목소리로 나를 손가락으로 가리키며 천천히 또박또박 말했다. "배심원 여러분, 어머니가 돌아가신 다음 날, 이 사람은 해수욕을 하고 부적절한 관계를 맺기 시작했고 희극 영화를 보러 가서 웃었습니다. 더 이상 드릴 말씀이 없습니다." 여전히 조용한 분위기 속에서 검사가 자리에 앉았다. 그런데 갑자기 마리가 흐느껴 울더니 그런 것이 아니며 다른 것도 있다고 말하면서 강요에 의해 자신의 생각과 반대되는 말을 하게 된 것이라고 했다. 마리는 나를 잘 알며 나는 아무런 나쁜 짓도 하지 않았다고 말했다. 하지만 재판장이 신호를 보내자 진행관이 그녀를 데리고 나갔고 심문은 계속되었다.

그다음에 마송이 나와서 나는 정직한 사람이고 '그뿐만 아니라 성실한 사람'이라고 말했으나 이 말을 들어주는 사람은 거의 없었다. 살라마노도 내가 자신의 개에게 잘해주었다는 기억을 떠올렸고 어머니와 나에 대한 질문을 받자 내가 엄마와 할 말이 없었고 그 때문에 내가 엄마를 양로원에 맡긴 것이라고 말했다. 그러나 역시 들어주는 사람이 거의 없었다. "이해해 주셔야 합니다. 꼭 이해해 주셔야 해요." 살라마노가 말했지만 이해해 주는 사람은 하나도 없는 것 같았다. 그도 끌려 나갔다.

이어서 레몽의 차례가 되었다. 그는 마지막 증인이었다. 레몽은 나에게 살짝 어떤 신호를 하더니 곧바로 나는 죄가 없다고 말했다. 그러나 재판장은 그에게 판결을 내리는 것이 아니라 사실을 말했으면 좋겠다고 분명히 말했다. 재판장은 그에게 질문을 먼저 듣고 대답을 하라고 했다. 그는 피해자와 어떤 관계였는지 정확히 말해보라는 요청을 받았다. 그 기회를 이용해 레몽은 자신이 피해자 누이의 뺨을 때린 이후로 피해자에게 원한을 샀다고 말했다. 그러자 재판장은 피해자가 나에게 원한을 가질 이유는 없었냐고 묻자 레몽은 내가 해변에 같이 있었던 것은 우연이라고 말했다. 그러자 검사는 어떻게 해서 사건의 발단이 된 편지를 내가 쓰게 된 것이냐고 물었다. 레몽은 그것도 우연이라고 대답했다. 검사는 이 사건에서 우연이라는 이름 하에 양심을 속이는 일이 너무 많이 일어났다면서 반박했다. 그는 레몽이 내연녀의 뺨을 때렸을 때 내가 말리지 않은 것도 우연인지, 내가 경찰서에서 증인을 서 준 것도 우연인지, 그때 내가 레몽의 편에서 증언을 한 것도 우연인지 알고 싶다고 했다. 그리고 검사는 레몽에게 생계 수단이 무엇이냐고 물었다. 레몽이 '창고 관리인'이라고 대답하자 검사는 배심원들에게 증인의 직업이 포주라는 것은 잘 알려진 사실이라고 했다. 나는 그의 공범자요 친구였다. 검사는 이는 가장 비도덕적인 치정 사건이며, 피고인이 도덕적으로 문제가 있는 사람이기 때문에 더욱 심각한 사건이라고 말했다. 레몽이 반박하려고 했고 내 변호사도 항의했으나 재판장이 검사의 이야기를 마저 들어야 한다고 했다. 검사가 말했다. "더 할 말은 별로 없습니다. 다만 피고인은 증인의 친구였습니까?" 검사가 레몽에게 물었다. "예." 레몽이 말했다. "나의 친구였습니다." 그러자 검사는 나에게 같은 질문을 했고 나는 레몽을 바라보았다. 그는 내게서 시선을 돌리지 않았다. 나는 "예"라고 대답했다. 그러자 검사는 배심원들을 향해 돌아서서 선언했다. "어머니가 돌아가신 다음 날, 가장 수치스럽고 방탕한 행위에 몰두했던 이 사람은 하찮은 이유로, 입에 담긴 힘든 치정 사건을 해결하기 위해 살인을 했습니다."

그리고 그는 자리에 앉았다. 인내심에 한계를 느낀 내 변호사는 두 팔을 들고 소리쳤다. 그 바람에 법복의 소매가 흘러내리면서 풀 먹인 셔츠의 주름이 보였다. "그러니까 피고인은 어머니의 장례를 치러서 기소된 것입니까, 아니면 살인을 해서 기소된 것입니까?" 방청객들이 웃었다. 그러나 검사가 다시 벌떡 일어나 법복의 위엄을 나타내며 변호인처럼 그 두 가지 사실 사이에 깊고 비장하며 본질적인 관계가 있다는 것을 느끼지 못한다면 지나치게 순진한 것이라고 잘라 말했다. "예." 검사가 힘껏 외쳤다. "저는 범죄자의 마음으로 어머니를 땅에 묻은 이 사람이 유죄라고 주장합니다." 검사의 선언은 방청객에게 매우 큰 영향을 준 것 같았다. 내 변호사는 어깨를 으쓱하고는 이마에 흐르는 땀을 닦았다. 그러나 그는 동요하는 것 같았고 나는 상황이 나에게 유리하지 않게 돌아가고 있다는 것을 깨달았다.

심문이 끝났다. 법원을 나와 호송차에 올라타면서 잠깐 동안 여름 저녁의 냄새와 빛깔을 떠올렸다. 이동식 감옥의 어둠 속에서 내가 좋아했던 한 도시의 익숙한 모든 소리, 가끔 만족감을 느낀 어느 시간의 익숙한 모든 소리를 피로의 밑바닥에서 찾아내듯 하나씩 되찾았다. 이미 나른해진 공기 속에서 들리는 신문팔이들의 외침, 광장의 마지막 새들의 울음소리, 샌드위치 장수들이 손님들을 부르는 소리, 시내 고지대의 구불거리는 길에서 울리는 전차의 시끄러운 소리 그리고 항구 위로 밤의 어둠이 깔리기 전에 하늘이 술렁이는 소리, 이 모든 소리가 나에게는 시각장애인이 더듬어 가는 길을 알려주는 소리 같았다. 감옥에 들어오기 전에 내가 잘 알았던 그 길 말이다. 그래, 아주 오래전에 만족감을 느낀 그 시간이었다. 그때 나를 기다리고 있었던 것은 언제나 가볍고 꿈이 없는 잠이었다. 하지만 이제는 무엇인가가 달라졌다. 다음 날에 대한 기대와 함께 이제 내가 마주하는 것은 감방이었기 때문이다. 마치 여름 하늘 속에 그려진 익숙한 길들이 감옥으로 이어질 수도 있고 순진한 잠으로 이어질 수도 있는 것처럼.

4

　아무리 피고석에 있어도 자기 자신에 대한 말을 듣는 것은 언제나 흥미롭다. 검사와 내 변호사 사이에 논고와 변론이 오가는 동안 사람들이 나에 대해 많은 이야기를 했다. 아마도 내 범죄보다 나에 대해 더 많은 이야기를 한 것 같다. 더구나 양쪽의 논고와 변론 사이에 큰 차이가 있었던가? 변호사는 두 팔을 올리고 죄를 인정하면서도 변명을 했다. 검사는 두 손을 내밀며 유죄를 고발하면서 변명의 여지를 주지 않았다. 그런데 막연히 걸리는 것이 하나 있었다. 나름 걱정되는 부분이 있었으나 때로는 나도 한마디를 하려고 했다. 그러면 변호사는 나에게 이렇게 말했다. "가만히 있어요. 그게 댁한테는 더 유리해요." 사람들은 나를 빼놓은 채 이번 사건을 다루는 것 같았다. 모든 것이 나의 개입 없이 이루어졌다. 나의 의견도 묻지 않고 나의 운명이 결정되고 있었다. 때때로 나는 모든 사람들의 이야기를 끊고 이렇게 말하고 싶었다. "도대체 누가 피고인인가요? 피고인이 된다는 것이 중요합니다. 나도 할 말이 있습니다."
하지만 생각해보면 나에게는 할 말이 없었다. 더구나 사람
들의 관심을 끌며 느끼는 재미는 오래 계속되지 않는다는
것을 인정해야 한다. 예를 들어서 검사의 논고는 나에게 금
방 지루하게 느껴졌다. 인상적이거나 나의 흥미를 불러일
으킨 것은 오로지 단편적인 말, 몸짓, 혹은 전체적인 부분
에서 벗어난 동떨어진 설명이었다.

내가 제대로 이해했다면 검사 측의 생각은 내가 범죄를
미리 계획했다는 것이다. 적어도 그는 이를 증명하려고 애
썼다. 그도 이렇게 말하고 있었다. "제가 증명하겠습니다.
여러분, 그것도 두 가지 방법으로 증명하겠습니다. 먼저 명
백한 사실을 바탕으로 할 것이며, 그다음에는 범죄자의 영
혼을 가진 피고인의 심리 상태를 바탕으로 증명하겠습니
다." 검사는 엄마가 죽은 다음에 일어난 여러 사실을 요약
했다. 그는 내가 냉담했고 엄마의 나이를 몰랐으며, 장례
식 다음 날 여자와 해수욕을 하러 갔다는 사실, 영화관, 페
르낭델 그리고 끝으로 마리와 집으로 함께 돌아왔다는 사
실을 다시 언급했다. 그 순간 나는 검사의 말을 이해하는
데 시간이 걸렸다. 검사가 "그의 내연녀"라고 말했기 때문
이다. 하지만 나에게 그녀는 마리일 뿐이었다. 그다음에 검
사는 레몽의 이야기를 했다. 사건을 바라보는 검사의 방식
에는 명쾌함이 있다는 생각이 들었다. 그의 이야기는 그럴

듯했다. 나는 레몽과 짜고 그의 내연녀를 유인하여 그녀를 '품행이 수상한' 어떤 인물에게 악랄하게 다뤄지도록 넘기기 위해 편지를 썼다. 나는 해변에서 레몽의 상대들에게 시비를 걸었다. 레몽이 부상을 입었다. 나는 레몽에게 권총을 달라고 했다. 나는 그 권총을 사용하려고 혼자 돌아왔다. 계획대로 나는 아랍인을 쏴서 죽였다. 그러고 나서 기다렸다. 그다음에 '처리가 잘되었는지 확실히 보기 위해' 총 네 발을 침착하게 다시 쏘았다.

"이상입니다, 여러분." 검사가 말했다. "여러분 앞에서 피고가 고의적으로 살인을 하게 된 사건의 순서를 되짚어 보았습니다. 이 점을 강조합니다." 검사가 말했다. "왜냐하면 이번 사건은 평범한 살인, 정상 참작을 해줄 수도 있는 충동적인 행동이 아니기 때문입니다. 여러분, 피고는 똑똑합니다. 피고의 진술을 들으셨죠? 피고는 대답할 줄 압니다. 말뜻도 잘 이해합니다. 따라서 피고는 자신이 무슨 짓을 하는지 모르고 행동했다고 할 수 없습니다."

나는 검사의 말에 귀를 기울였고 그가 나보고 똑똑한 사람이라고 하는 것을 들었다. 하지만 평범한 사람이 가질 수 있는 장점이 어떻게 죄인으로 모는 증거가 될 수 있는지 이해가 잘 가지 않았다. 적어도 내가 놀란 것은 이 점이었다. 그때부터 나는 더 이상 검사의 말을 듣지 않았다. 그러다가 어느 순간 그가 이렇게 하는 말이 들렸다. "피고가 후

회하는 빛을 보이기라도 했나요? 전혀 아닙니다, 여러분. 예심이 이루어지는 동안 피고는 자신이 저지른 끔찍한 범죄를 한순간도 뉘우치는 빛을 보이지 않았습니다." 그 순간 검사는 나를 향해 돌아서서는 손가락으로 나를 가리키며 계속 비난했다. 나는 그가 왜 그러는지 이해할 수 없었다. 그의 말이 옳다는 것은 나도 인정하지 않을 수 없었다. 나는 내가 한 행동을 그렇게 후회하지 않았기 때문이다. 하지만 검사가 이토록 끈질기게 나오는 것이 놀라웠다. 나는 원래 진심으로 뭔가를 후회해 본 적이 없다고 그에게 친절하게, 거의 애정을 가지고 설명해주고 싶었다. 나는 언제나 앞으로 일어날 일, 오늘 일 혹은 내일 일에 정신이 팔려 있었다. 하지만 지금 내가 처한 상황에서는 당연히 이런 말투로 그 누구에게도 이야기할 수는 없었다. 내게는 다정하게 대하거나 호의를 베풀 권리가 없었다. 그리고 검사가 나의 영혼에 대해 말하기 시작했기에 다시 귀를 기울이려고 애썼다.

검사는 배심원들에게 나의 영혼을 깊이 살펴봤으나 아무것도 찾을 수 없었다고 말했다. 실제로 나에게는 영혼도, 인간다운 면도, 인간의 마음을 지켜주는 도덕적 원리 같은 것도 없었다는 주장이다. 그가 이렇게 덧붙였다. "아마도 말이죠, 그렇다고 해서 우리가 피고를 비난할 수는 없을 것입니다. 그가 마땅히 갖추어야 할 것이 부족하다고 해서 우리가 불평을 할 수는 없습니다. 하지만 이 법정에서는 관용이라고 하는 매우 소극적인 미덕은 고귀한 정의라는 미덕으로 바뀌어야 합니다. 피고에게서 나타나는 심리적인 공허함이 어떤 구덩이가 되어 사회 전체를 빨아들일 수 있을 때 특히 그렇습니다." 그때 검사는 엄마에 대한 나의 태도를 이야기했다. 그는 심리 중에 했던 말을 다시 했다. 그러나 그는 이 이야기를 할 때 내가 저지른 범죄 이야기를 할 때보다 시간을 더 할애했다. 더구나 너무나 길게 끄는 바람에 결국 나는 그날 아침의 더위 외에는 아무것도 느끼지 못했다. 적어도 검사가 말을 멈출 때까지는 그랬다. 그는 잠시 말을 멈춘 후 다시 아주 나지막하면서 자신 있는 목소리로 말을 이었다. "여러분, 내일은 바로 이 법정에서 가장 끔찍한 범죄, 아버지를 살해한 범죄를 심판하게 될 것입니다." 그의 말에 따르면 이 잔혹한 범죄 앞에서는 상상력도 물러설 것이라고 했다. 그는 인간 사회의 정의가 강하게 이 범죄를 처벌해 주기를 감히 바란다고 했다. 그러나 그는 주저 없이 말할 수 있다면서, 내가 보이는 무감각함에 비하면 아버지를 살해한 범죄가 주는 혐오감은 오히려 한 수 아래라고 주장했다. 여전히 그의 말에 따르면 정신적으로 어머니를 죽인 인간은 생명을 준 아버지를 자신의 손으로 죽인 인간과 똑같이 인간 사회에서 등을 돌리는 것이라고 했다. 어쨌든 전자는 후자의 행위를 준비하는 것이고, 즉,

그러한 행위를 예고하고 정당화한다는 것이었다. "여러분, 저는 확신합니다." 그가 목소리를 높여 덧붙였다. "제 생각이 지나치게 과장되었다고 생각하지는 않으실 겁니다. 비록 피고인석에 앉아 있는 이 사람이 내일 판결을 받을 살인자와 똑같이 유죄라고 제가 말씀드려도 말이죠. 결론적으로 피고는 벌을 받아야 합니다." 여기에서 검사는 땀으로 번들거리는 얼굴을 닦았다. 마지막으로 그는 자신의 의무가 고통스럽다 해도 굳건히 그것을 수행하겠다고 말했다. 그리고 나는 사회의 가장 기본적인 규칙을 무시하고 있으니 이 사회와는 아무런 연결 고리도 없으며, 인간의 마음에서 나오는 기본적인 반응도 알지 못하니 인정에 호소할 수도 없다고 했다. "저는 피고의 목을 요구합니다." 검사가 말했다. "가벼운 마음으로 요구합니다. 이미 오랫동안 검사로 근무하며 여러 번 사형을 구형했지만 그때마다 괴로웠습니다. 하지만 그 괴롭던 의무가 오늘처럼 보상을 받고 균형감으로 채워지고 빛을 받는다고 느껴본 적이 없습니다. 그런데 이렇게 느끼게 된 것은 꼭 필요한 성스러운 명령에 따른다는 의식이 생겼기 때문입니다. 그리고 흉악한 면밖에 보이지 않는 인간 앞에서 혐오감이 올라오기 때문입니다."

검사가 다시 자리에 앉자 한동안 긴 침묵이 흘렀다. 나는 더위와 놀라움 때문에 어리둥절했다. 재판장이 살짝 잔기

침을 하고는 아주 낮은 목소리로 나에게 덧붙여 말하고 싶은 것은 없냐고 물었다. 나는 자리에서 일어났다. 말을 하고 싶었기에 다소 생각나는 대로 아랍인을 죽일 의도는 없었다고 말했다. 재판장은 그것은 하나의 주장이라고 대답했고 지금까지 나의 방어 논리가 잘 이해가 안 되었기에 나에게 먼저 그런 행동을 하게 된 이유를 분명하게 듣고 변호사의 변론을 듣겠다고 말했다. 나는 빠르게 말했고 조금 단어들을 뒤죽박죽 섞어가며, 나의 말이 우스꽝스러워질 줄 알면서도 그것은 태양 때문이었다고 말했다. 법정 안에서 웃음소리가 들렸다. 내 변호사는 어깨를 으쓱했고 곧이어 발언권을 얻었다. 하지만 그는 시간이 늦은 데다가 자신의 변론에는 많은 시간이 필요하기 때문에 오후로 미뤄줄 것을 요청한다고 말했다. 재판부는 이에 동의했다.

오후에도 커다란 선풍기들이 법정의 무거운 공기를 뒤흔들었고 배심원들이 손에 쥔 여러 색깔의 작은 부채들이 일제히 같은 방향으로 움직이고 있었다. 내 변호사의 변론은 전혀 끝날 것 같지가 않았다. 하지만 어느 순간 나는 그의 말에 귀를 기울였다. 그가 이렇게 말했기 때문이다. "내가 살인을 한 것은 사실입니다." 그리고 그는 이런 말투로 계속 말하며 나에 대해 이야기할 때마다 '나는'이라고 말했다. 나는 깜짝 놀랐다. 나는 경관 쪽으로 몸을 숙여 변호사가 저러는 이유를 물었다. 경관은 나에게 조용히 하라고 하고는 잠시 후에 이렇게 덧붙였다. "모든 변호사들이 저렇게 합니다." 이런 방식 또한 나를 사건과 분리하고 나를 아무것도 아닌 것으로 취급하며 어떤 의미로는 나를 대신하는 것이라는 생각이 들었다. 하지만 나는 이미 이 법정에서 아득하게 멀리 있는 것 같았다. 게다가 내 변호사도 우스꽝스럽게 보였다. 그는 매우 빠르게 아랍인이 먼저 도발했다고 주장했고, 이어서 그도 나의 영혼에 대해 말했다. 하지만 변호사는 검사보다 재능이 훨씬 딸리는 것 같았다. "저도 역시 그 영혼을 들여다봤지만 훌륭하신 검사님과 달리 저는 무언가를 발견할 수 있었습니다. 아니, 막힘없이 술술 읽었다고 할 수 있습니다." 그는 내가 성실한 사람이며 규칙적이고 부지런하며 근무하는 회사에 충실했던 근로자, 모든 사람들에게 사랑받고 다른 사람의 불행을 동정하는 사람이라는 것을 영혼 안에서 읽었다고 했다. 그가 보기에 나는 최선을 다해 오랫동안 어머니를 부양한 모범적인 아들이었다. 그러다 결국 내 능력으로는 드릴 수 없던 안락한 생활을 양로원이 대신해 어머니에게 베풀어 주기를 바라게 된 것이었다. "여러분." 변호사가 덧붙였다. "그 양로원과 관련해 그렇게 많은 이야기를 했다는 것에 놀랐습니다. 만일 그러한 시설이 필요하고 중요하다는 것을 증명하려면 이런 시설을 지원하는 것이 바로 국가라는 사실을 짚고 넘어가야 하기 때문입니다." 다만 그는 장례식은 언급하지 않았다. 나는 그것이 변호사의 변론에서 부족한 점이라고 느꼈다. 하지만 모든 긴 설명, 그 모든 낮과 끝이 나지 않을 시간들 때문에 모든 것이 빛깔 없는 물처럼 되었고 그 속에서 나는 머리가 어지러웠다.

결국 내가 기억하는 것이라고는 변호사가 이야기를 계속하는 동안 거리에서, 다른 방들과 법정들의 공간을 거쳐 아이스크림 장수의 나팔 소리가 나의 귀까지 울렸다는 사실이다. 나는 더 이상 나의 것이 아닌 어떤 삶의 기억, 하지만 여름의 냄새, 좋아하던 거리, 어느 저녁 하늘, 마리의 웃음과 옷처럼 가장 소박하면서도 가장 여운이 길게 남는 기쁨을 찾았던 어떤 삶의 기억에 휩싸였다. 그러자 지금 내가 여기서 하고 있는 모든 쓸데없는 짓이 목구멍까지 올라와 숨이 막힐 뿐이었다. 서둘러 하고 싶은 것이 있다면 딱 하나였다. 얼른 모든 것이 끝나서 내 감방으로 돌아가 잠을 자는 것뿐이었다. 내 변호사가 목청껏 외치는 말이 겨우 귀에 들렸다. 그는 끝으로 배심원들이 잠시 방황으로 길을 잃은 성실한 근로자를 죽음으로 보내고 싶어 하지 않을 것이라 생각하며, 내가 이미 가장 확실한 벌인 평생의 뉘우침이라는 짐을 끌고 가게 한 그 범죄에 대해 정상 참작을 해달라고 요청했다. 재판부가 휴정을 선언했다. 변호사는 지친 얼굴로 자리에 앉았다. 그러나 그의 동료들이 그에게 다가와 손을 잡았다. "훌륭했어"라는 말이 들렸다. 그중 한 사

람은 심지어 나에게도 호응해 주길 바라고 있었다. "안 그
래요?" 그가 말했다. 나는 동의했으나 진심에서 하는 칭찬
은 아니었다. 너무 피곤했기 때문이다.

그런데 바깥에는 이미 날이 저물고 있었고 더위는 사그
라들었다. 거리에서 들려오는 몇몇 소리에 저녁 무렵의 감
미로움을 짐작했다. 우리 모두 거기서 기다리고 있었다. 그
런데 우리가 함께 기다리는 것은 오직 나 자신과 관련된
일이었다. 다시 한번 나는 법정을 바라보았다. 모든 것이
첫날과 같은 상태였다. 나는 회색 재킷을 입은 기자와 자동
인형 같은 여자의 눈길과 마주쳤다. 그제야 재판 중에 내가
한 번도 마리를 찾느라 시선을 움직이지 않았다는 생각이
들었다. 그녀를 잊은 것은 아니지만 할 일이 너무 많았다.
셀레스트와 레몽 사이에 있는 마리가 보였다. 그녀는 '결
국'이라고 말하듯 나에게 작은 몸짓을 보였다. 약간 걱정스
러운 얼굴로 미소를 짓는 그녀를 보았다. 하지만 가슴이 꽉
막힌 것 같은 기분이라 그녀의 미소에 답할 수도 없었다.

재판이 다시 시작되었다. 아주 빠른 속도로 일련의 질문
들이 배심원들에 의해 낭독되었다. 내 귀에 '살인죄'… '계
획적 범죄'… '정상 참작'이라는 단어가 들렸다. 배심원들
이 나갔다. 나는 이미 전에 기다린 적이 있는 작은 방으로
인도되었다. 내 변호사가 나에게로 왔다. 그는 매우 수다스
러웠는데, 그 어느 때보다 자신 있고 다정하게 말을 걸었

다. 그는 다 잘될 것이며 몇 년간의 감옥형 혹은 도형으로 끝날 것이라고 생각했다. 나는 만일 불리한 판결이 나면 파기할 기회가 있느냐고 물었다. 그는 아니라고 대답했다. 그가 세운 전략은 배심원들의 비위를 건드리지 않기 위해 의견서를 제출하는 것이었다. 그는 아무 이유 없이 그냥 판결을 파기하지는 않는다고 설명했다. 내 생각에도 분명 그럴 것 같았다. 나는 그의 논리가 맞다고 받아들였다. 냉정하게 생각하면 그것은 매우 당연한 일이었다. 그러지 않으면 쓸모없는 서류가 너무 많아질 것이다. "어쨌든 항고를 할 수 있습니다. 결과는 분명 유리하게 나올 겁니다." 변호사가 말했다.

우리는 아주 오랫동안 기다렸다. 거의 사오십 분 정도 기다렸던 것 같다. 그렇게 시간이 지난 뒤 벨이 울렸다. 변호사가 나를 두고 가면서 이렇게 말했다. "배심원 대표가 평결을 낭독할 겁니다. 판결문 발표 때에야 들어갈 수 있을 거예요." 문이 닫혔다. 사람들이 층계를 뛰어가고 있어서 이들이 가까이 있는 것인지 멀리 있는 것인지 분간이 되지 않았다. 그리고 법정 안에서는 낮은 목소리로 무엇인가를 낭독하는 것이 들렸다. 다시 벨이 울리고 피고인석 문이 열렸을 때 나에게로 밀려온 것은 법정의 침묵이었다. 그 침묵, 그리고 젊은 기자가 내게서 시선을 돌리는 것을 봤을 때 이상한 예감이 들었다. 나는 마리가 있는 쪽을 보지 못

했다. 재판장이 희한한 형식으로 내가 프랑스 국민의 이름
으로 공공 광장에서 목이 잘리게 된다고 말을 하는 바람에
마리를 볼 시간이 없었다. 그제야 나는 모든 사람들의 얼굴
에서 읽혀지는 감정이 무엇인지 알 것 같았다. 그것은 배려
였다고 생각한다. 경관들은 나에게 아주 다정했다. 변호사
는 나의 손목을 잡았다. 더는 아무 생각도 나지 않았다. 하
지만 재판장이 나에게 덧붙일 말이 없냐고 물었다. 나는 곰
곰이 생각했다. 그리고 말했다. "없습니다." 그러자 경관들
이 나를 데리고 나갔다.

5

세 번째로 나는 교도소 부속 사제의 면회를 거절했다. 그에게 아무런 할 말도 없고 말하기도 싫었다. 조만간 그를 만나기는 할 것이다. 지금 나의 관심사는 단두대 기계 장치로부터 벗어나는 것, 피할 수 없는 곳에도 출구가 있을 수 있는지 알아보는 일이다. 내 감방이 바뀌었다. 지금 이 감방에서는 반듯이 누우면 하늘이 보인다. 하늘밖에 보이지 않는다. 낮에서 밤이 될 때 색깔이 약해지는 하늘을 바라보고 있으면 하루하루가 지나간다. 누워서 팔을 베고 기다린다. 사형 선고를 받은 사람들 중에 그 가차 없는 제도에서 벗어나거나 사형이 집행되기 전에 사라지거나 경찰의 비상선을 뚫고 나간 사례가 있었는지 몇 번이나 생각해봤는지 모른다. 그럴 때마다 사형 집행 이야기에 충분히 관심을 가지지 않았던 스스로를 원망했다. 이런 문제에는 늘 관심을 가져야 한다. 어떤 일이 일어날지 절대 알 수 없는 일이다. 나도 다른 사람들과 마찬가지로 신문에 난 기사를 읽은 적은 있다. 전문 서적들이 분명 있었는데 찾아보고 싶어 한 적은 한 번도 없었다. 그런 책들에서 탈옥에 관한 이야기들을 발견했을지도 모른다. 적어도 한 번은 운명의 굴레가 멈춘다거나, 아무리 거역할 수 없는 철저한 계획이라도 우연과 요행이 겹쳐 뭔가 변화를 일으킨 적이 한 번이라도 있었다는 사실을 알게 되었을 것이다. 한 번이라도! 어떤 의미에서는 나에게는 그 한 번이면 충분했을지도 모른다. 그 다음은 내 마음이 알아서 했을 것이다. 신문에서는 사회에 진 빚에 대한 이야기가 종종 나왔다. 이 신문들에 따르면 사회에 진 빚을 갚아야 한다는 것이다. 하지만 이렇게 말하면 상상력이 발휘되지 않는다. 내게 중요한 것은 탈출 가능성, 무자비한 의식儀式 밖으로의 도약, 희망을 품어볼 수도 있는 광란의 질주였다. 물론 희망이란 열심히 달리다가 갑자기 날아온 총알에 맞아 어느 길모퉁이에서 쓰러지는 것이겠지만 말이다. 하지만 잘 생각해보면 내가 이러한 사치를 누리도록 허락할 리 없었다. 그래서 나는 다시 제도에 붙들려 있는 것이다.

아무리 좋게 생각하려 해도 그토록 오만한 확실성을 받아들일 수 없었다. 왜냐하면 그 확실성에 둔 판결, 그리고 판결이 떨어진 순간부터 가차 없이 이루어지는 과정 사이가 우스울 정도로 균형이 맞지 않아서였다. 판결문이 오후 5시가 아니라 저녁 8시에 낭독되었다는 사실, 전혀 다른 판결이 나왔을 수도 있다는 사실, 속옷을 갈아입은 남자들이 내린 판결이라는 사실, 프랑스(혹은 독일, 중국) 국민 같은 매우 모호한 개념으로 판결이 내려졌다는 사실, 이러한 모든 사실 때문에 결정의 진지함이 많이 훼손된 것 같았다. 하지만 선고가 내려진 순간부터 선고의 결과는 내가 몸을 붙여 누르던 벽의 존재처럼 확실하고 진해진다는 점을 인정할 수밖에 없었다.

그럴 때는 엄마가 아버지에 대해 들려준 어떤 이야기가 떠올랐다. 나는 아버지를 본 적이 없다. 내가 아버지라는 남자에 대해 정확히 알고 있는 것은 엄마가 그때 해준 이야기가 전부였을 것이다. 아버지가 어느 살인범의 사형 집행을 보러 갔다는 이야기였다. 거기에 간다는 생각만으로도 아버지는 병이 날 것 같았다. 그래도 아버지는 보러 갔고 돌아와서는 아침에 한동안 구토를 했다. 그 말을 들었을 때 나는 아버지가 조금 역겨웠다. 하지만 지금은 이해가 되었다. 너무나 당연한 일이었다. 사형 집행보다 중요한 것은 없었다. 즉 이것이야말로 한 인간에게 유일하게 진정 흥미 있는 일이었다. 어떻게 그때는 이걸 몰랐을까? 혹시 이 감옥에서 나가게 되면 사형 집행은 전부 보러 갈 것이다. 하지만 이런 가능성을 생각하는 것조차 잘못이라고 생각한다. 왜냐하면 어느 이른 아침 경찰의 비상선 뒤에, 그러니까 저쪽에서 자유로운 나의 모습을 생각하면, 사형 집행 장

133

면의 구경꾼이 되어 나중에 구토도 할 수 있다는 생각을 하면, 독약과도 같은 기쁨이 가슴에 차올랐기 때문이다. 하지만 이는 비합리적인 생각이었다. 이런 일어나지 않은 일을 상상하는 것은 잘못되었다. 왜냐하면 잠시 후 나는 매우 지독한 오한 때문에 담요를 덮고 몸을 웅크리게 되기 때문이었다. 어떻게 할 수 없을 정도로 이가 덜덜 떨렸다.

하지만 물론 인간이 언제나 합리적일 수만은 없다. 예를 들어, 나는 법률안을 만들어보고 형법 체계를 개혁하기도 했다. 중요한 것은 사형수에게 한 번의 기회를 주는 것이라는 점을 깨달았다. 천 번에 단 한 번. 그것이라면 많은 일을 해결하기에 충분했다. 그래서 수형자(나는 수형자受刑者라는 말을 생각했다)가 먹으면 열 번에 아홉 번만 죽을 그런 화학적 배합을 발견할 수 있을 것 같았다. 수형자가 이를 알고 있어야 하는 것이 조건이었다. 잘 생각해보고 침착하게 따져본 결과, 단두대의 칼날은 그 어떤 기회도, 절대적으로 그 어떤 기회도 주지 않는 것이 단점이라는 사실을 알게 되었다. 그러니까 단 한 번에 수형자의 죽음이 결정되어 버리는 셈이었다. 이는 이미 결정된 일이고 완전히 정해진 배합이고 이미 이루어진 합의여서 다시 논할 수가 없었다. 만일 실패하면 다시 해야 했다. 그러니까 사형수 입장에서는 기계가 잘 작동해 주기를 바라야 한다니 곤란했다. 그 점이 흠이라는 말이다. 어떤 의미에서는 사실이다. 그러나 또 다른 의미에서는 그 훌륭한 조직의 모든 비결이 거기에 있다는 것을 인정해야 했다. 그러니까 사형수는 정신적으로 협력을 해야 했다. 모든 것이 별 탈 없이 진행되는 것이 그에게 이로웠다.

또한 지금까지 이런 문제에 대해 옳지 못한 생각을 하고 있었다는 점을 인정해야 했다. 왜 그런지 이유는 모르겠지만 단두대에 가려면 단두대가 설치된 대 위에 오르고 계단을 올라가야 한다고 오랫동안 생각하고 있었다. 1789년 프랑스 혁명, 다시 말해 이 문제에 대해 배운 모든 내용 때문이라 할 수 있었다. 그런데 어느 날 아침, 소문이 자자했던 어느 사형 집행을 기회로 신문에 나온 사진 한 장이 기억났다. 사실, 그 기계는 바닥에 그냥 놓여 있었다. 지극히 단순하게 말이다. 기계는 생각한 것보다 많이 좁았다. 좀 더 일찍 이런 생각을 하지 못했다니 꽤 희한했다. 사진에서 본 그 기계는 정밀한 제품처럼 완벽하게 번쩍이는지라 꽤나 인상적이었다. 사람은 잘 알지 못하는 대상에 대해서는 늘 과장되게 생각하기 마련이다. 하지만 그와는 반대로 모든 것은 단순하다는 사실을 인정해야 했다. 기계는 다가오는 사람과 같은 높이로 되어 있다. 그래서 마치 누군가를 만나러 가듯 가다가 그 기계를 만나게 되는 것이다. 이것도 서글펐다. 단두대를 향해 올라가는 것, 하늘 높이 올라가는 것, 그 방향으로 온갖 상상을 할 수 있었다. 그러나 여기서는 기계가 모든 것을 압도했다. 조금 수치스럽게, 대단히 정확하게 은밀히 죽는 것이다.

내 머릿속에서 맴도는 두 가지 생각이 더 있었다. 새벽과 항소였다. 그러나 이성을 되찾아 이런 생각을 하지 않으려고 애썼다. 나는 누워서 하늘을 바라봤으며 여기에 관심을 가지려고 노력했다. 하늘이 녹색이 되었다. 저녁이었다. 나는 여전히 내 생각의 흐름을 돌리려 애쓰고 있었다. 나의 심장 소리에 귀를 기울였다. 그토록 오랫동안 나와 함께한 심장 소리가 멈출 수도 있다는 상상은 할 수가 없었다. 나는 제대로 상상을 해본 적이 없었다. 그래도 이 심장이 뛰는 소리가 더 이상 계속되지 않는 어떤 순간을 머릿속에 그려보려고 애썼다. 하지만 소용없었다. 새벽이나 항소가 생각났기 때문이었다. 결국 마음을 억지로 돌리려 하지 않는 것이 가장 합리적이라고 생각하게 되었다.

그들이 오는 것은 새벽이라고 알고 있었다. 결국 나는 매일 밤 이 새벽을 기다리며 보낸 셈이다. 나는 불시에 당하는 것을 늘 싫어했다. 무슨 일이 생길 때 그 자리에 있는 것을 더 좋아한다. 그래서 결국 낮에만 조금 잤고 밤에는 하늘이 보이는 창에서 새벽빛이 떠오를 때까지 계속 참고 기다렸다. 그들이 언제 그 일을 실행으로 옮길지 불확실한 그 시간들이 가장 힘든 때였다. 자정이 지나면 나는 기다리고 또 기다렸다. 내 귀가 지금까지 그렇게 많은 소음을 느끼고, 그처럼 작은 소리들을 분간해 본 적이 없었다. 더구나 어떻게 보면 이 기간 동안 나는 운이 좋았다고 할 수 있다. 발소리가 전혀 들리지 않았기 때문이다. 엄마는 인간이 불행하기만 하지는 않는다는 이야기를 자주 했다. 하늘이 빛을 내고 새로운 하루가 내 감방에 스며들 때 감옥에서 엄마의 말이 맞다고 생각했다. 왜냐하면 발소리를 들었다면 내 심장은 터져 버릴 수도 있어서였다. 심지어 아주 작은 소리가 문 앞에서 들려도 나무판자에 귀를 대고 미친 듯이 기다리다가 결국 나 자신의 숨소리를 듣게 된다. 그 숨소리가 헉헉거린다는 생각이 들고 개가 헐떡이는 소리와 너무나 비슷하다는 생각이 들어 깜짝 놀라기도 했지만 결국 내 심장은 터지지 않았고 또다시 이십사 시간을 벌었다.

낮에는 줄곧 항소 생각을 했다. 이 생각에서 출발해 최선의 것을 얻어 내려 애썼다. 효과를 따져봤고 이런 생각을 통해 최대의 결실을 얻어 냈다. 나는 언제나 가장 최악의 가정을 했다. 항소가 기각되는 것이 그랬다. "그래, 그러면 나는 죽는 거지." 다른 사람들보다 먼저. 분명히 그랬다. 하지만 누구나 인생이 살 만한 가치가 없다는 것은 알고 있다. 사실, 서른 살에 죽느냐 예순 살에 죽느냐는 별로 중요하지 않다는 것을 모르지 않았다. 둘 중 어느 경우라도 당연히 다른 남자들과 다른 여자들은 살아갈 것이다.

수천 년 동안 그럴 것이다. 요컨대 이보다 더 분명한 것은 없었다. 지금이건 이십 년 후이건 언제나 죽는 것은 바로 나다. 이 순간 나의 논리에 조금 걸리는 것이 있었다. '앞으로 이십 년을 더 살 수 있는데'라는 생각이 들면 마음속에서 끔찍한 그 무엇이 솟아오른다는 점이었다. 하지만 이런 감정도 이십 년 후 내가 어쨌든 그런 입장이 될 때 나는 어떤 생각을 하게 될까를 상상하면서 누를 뿐이었다. 언젠가 죽는다면 어떻게 죽든, 언제 죽든, 이는 당연히 중요하지 않다. 그러므로(생각을 할 때 어려운 점은 '그러므로'가 뜻하는 것을 지나치지 않는 일이다), 그러므로 나는 항소가 기각되는 걸 받아들여야 했다.

이 순간, 오직 이 순간에는 나는 권리를 말할 수 있었고 어떻게 보면 두 번째 가정을 다뤄볼 수 있었다. 두 번째 가정이란 사면되는 일이었다. 이 가정은 강렬한 기쁨으로 내 눈을 찌르며 튀어 오르는 피와 몸의 흥분을 누르고 다스려야 하니 곤란했다. 첫 번째 가정에서 나의 체념이 그럴듯하려면 두 번째 가정에서도 담담해야 했다. 이렇게 된다면 한 시간 동안 평온해질 수 있었다. 이 정도만 되어도 대단했다.

내가 부속 사제의 면담을 한 번 더 거절한 것도 이때쯤이었다. 나는 누워 있었고 하늘이 황금빛이 되고 여름의 저녁이 다가오는 것을 느꼈다. 항소를 하지 않기로 했다. 그

138

러자 곧바로 몸속에서 피가 규칙적으로 순환하는 것을 느낄 수 있었다. 사제를 만날 필요가 없었다. 아주 오랜만에 처음으로 마리 생각을 했다. 그녀가 편지를 보내지 않은 지 꽤 오래되었다. 그날 저녁 나는 곰곰이 생각했다. 어쩌면 그녀는 사형수의 애인 노릇을 하는 일에 지쳤을지도 모른다. 어쩌면 그녀는 병들었거나 죽었을 수도 있다. 있을 수 있는 일이었다. 이제는 서로 떨어져 있는 우리의 두 몸 이외에 우리를 서로 이어주고 생각나게 해주는 것이 없는데 내가 그녀의 사정을 어떻게 알 수 있었겠는가? 사실, 그때부터 마리에 대한 기억에도 무심해졌던 것 같다. 죽은 마리에게는 더 이상 관심이 없었다. 당연하다고 생각했다. 내가 죽은 후 사람들은 나를 잊을 것이라고 분명히 이해가 되었기 때문이다. 사람들은 더 이상 나와 아무 상관이 없어지는 것이다. 심지어 이런 생각을 하는 것이 괴로웠다고 할 수도 없었다.

정확히 그때 부속 사제가 들어왔다. 그를 보자 나는 몸이 약간 떨렸다. 이를 알아본 사제가 나에게 두려워하지 말라고 했다. 나는 그에게 보통은 다른 시간에 오지 않냐고 물었다. 그는 이번 면회는 나의 항소와는 아무 관계 없이 순수한 친구로서의 면회이며 자신은 항소에 대해서는 아무것도 모른다고 했다. 그는 내 침대 위에 앉고는 나에게 가까이 오라고 권했다. 나는 거절했다. 그래도 그의 표정은 매우 부드러워 보였다.

 그는 잠시 두 팔을 무릎 위에 올려놓고 고개를 숙인 채, 자신의 두 손을 바라보며 앉아 있었다. 그의 손은 가늘면서도 근육이 잡혀 있어서 마치 날렵한 벌레처럼 보였다. 그가 두 손을 천천히 비볐다. 그리고 그는 여전히 고개를 숙인 채 그대로 있었다. 그동안 나는 잠시 그를 잊은 것 같은 기분이 들었다.

 그런데 갑자기 그가 고개를 들고는 나를 똑바로 쳐다보며 물었다. "왜 제 면회를 거절하죠?" 나는 신을 믿지 않아서라고 대답했다. 확신하고 있냐는 그의 질문에 나는 생각해 볼 필요를 못 느낀다고 말했다. 나에게는 중요하지 않은 문제처럼 느껴졌기 때문이다. 그러자 그는 몸을 뒤로 젖혀 두 손을 펴 허벅지 위에 얹고는 등을 벽에 기댔다. 그는 마치 내가 아니라 허공을 향해 말하는 것처럼 사람은 때때로 무엇인가를 확신하지만 실제로는 그러지 않은 경우가 많다고 말했다. 나는 아무 말도 하지 않았다. 그가 나를 쳐다보며 물었다. "어떻게 생각합니까?" 나는 그럴 수도 있겠다고 대답했다. 어쨌든 내가 실제로 무엇에 관심이 있는지 확신할 수는 없을지 몰라도 내가 무엇에 관심이 없는지는 분명 확신하고 있었다. 그런데 사제가 나에게 말하는 내용이야말로 관심 없는 일이었다.

 그는 시선을 돌렸다. 그리고 여전히 자세를 바꾸지 않은 채 내가 너무 절망해서 그렇게 말하는 것이 아니냐고 물었다. 나는 절망한 것이 아니라고 설명했다. 다만 두려울 뿐이었다. 자연스러운 일이었다. "그렇다면 하느님께서 도와주실 겁니다." 그가 말했다. "당신과 같은 경우의 사람들을 만났는데 전부 하느님께로 돌아왔습니다." 나는 그것은 그 사람들의 권리라고 인정했다. 또한 그들은 시간이 있었기에 가능했다는 뜻이기도 했다. 하지만 나는 남에게 도움을 받기도 싫었고 전혀 흥미 없는 것에 관심을 가질 시간도 없었다.

그 순간 그는 짜증스러운 듯한 손짓을 했지만 이내 자세를 똑바로 하고 사제복의 주름을 폈다. 사제복 손질을 마친 그는 나에게 '친구'라고 부르며 말을 시켰다. 그는 내가 사형수라서 이렇게 부르는 게 아니라고 했다. 그는 우리 모두 사형수라 생각한다고 했다. 그러나 나는 그의 말을 가로막고는 경우가 다르며 어쨌든 어떤 경우에도 그 말이 위로가 될 수는 없다고 했다. "그렇기는 하죠." 그가 동의했다. "하지만 오늘 죽지 않는다고 해도 언젠가 죽습니다. 그때도 같은 질문을 하게 될 겁니다. 그때 느끼는 시련을 어떻게 할 건가요?" 나는 지금 감당하고 있는 방식과 똑같이 시련을 감당할 것이라고 했다.

그 말을 듣고 그는 자리에서 일어나 내 눈을 똑바로 바라보았다. 내가 잘 아는 놀이였다. 에마뉘엘이나 셀레스트와 자주 하던 놀이였는데 대체로 그들이 먼저 눈을 돌렸다. 사제도 그 놀이를 잘 알고 있었음을 난 금방 알아차렸다. 그의 시선이 떨리지 않았기 때문이다. 그리고 그는 더 이상 떨리지 않는 목소리로 말했다. "아무런 희망도 품고 있지 않습니까? 죽으면 그 자체로 완전히 죽는다는 생각으로 사나요?" 나는 "예"라고 대답했다.

그러자 그는 고개를 숙이고 다시 자리에 앉았다. 그는 내가 가엾다고 말했다. 그는 이것이 인간으로서 견딜 수 없는 일이라고 했다. 나는 다만 그가 슬슬 지겨워지기 시작했다. 그런 느낌뿐이었다. 이번에는 내가 돌아서서 하늘이 보이는 창 아래로 가서 어깨를 벽에 기댔다. 별로 귀를 기울이지는 않았는데 그가 다시 나에게 뭔가를 묻는 소리가 들렸다. 그는 걱정스럽다는 어조로 절박하게 말했다. 나는 그가 흥분한 상태라는 것을 알아채고는 좀 더 귀를 기울였다.

그는 나의 항소가 받아들여질 것이라 확신했으나 내가 죄의 짐을 지고 있으니 그 짐을 벗어버려야 한다고 말했다. 그에 따르면 인간의 정의는 아무것도 아니며 신의 정의가 전부였다. 나에게 사형을 선고한 것은 인간의 정의라고 내가 지적했다. 하지만 사제는 인간의 심판이 나의 죄를 씻어준 것은 아니라고 대답했다. 나는 내가 지은 죄가 무엇인지 모른다고 말했다. 다만 내가 죄인이라는 것을 남들을 통해 배웠을 뿐이다. 내가 죄를 저질렀으니 죄의 대가를 치르고 있었다. 누구도 나에게 이 이상을 요구할 수는 없었다. 그 순간 사제가 다시 자리에서 일어났다. 감방이 비좁다 보니 그가 움직이고 싶어도 선택의 여지가 없다고 생각했다. 앉거나 일어서거나 둘 중에 하나만 해야 할 것이다.

　나는 바닥을 뚫어지게 바라봤다. 나에게 한 걸음 다가오던 그가 더 이상 다가올 엄두가 나지 않는 듯 멈춰 섰다. 그는 창살 너머로 하늘을 바라보았다. "잘못 생각하고 있습니다, 아들이여." 그가 말했다. "그 이상을 요구할 수 있습니다. 아마 그 이상을 요구할 겁니다." "무엇을요?" "잘 보라고 요구할 겁니다." "뭘 보라는 겁니까?"

　사제는 주변을 빙 둘러보더니 갑자기 매우 지친 듯한 목소리로 대답했다. "이 돌은 전부 고통의 땀을 흘리고 있습니다. 그것을 알겠어요. 이 돌들을 볼 때마다 고통스럽습니다. 하지만 마음속 깊이 알고 있습니다. 당신과 같은 사람들 중 가장 비참한 사람들은 이 돌들의 어둠에서 하느님의 얼굴이 솟아난 것을 보았다는 사실을 말이죠. 당신이 봐주었으면 하는 얼굴이지요."

　나는 약간 기운이 났다. 나는 여러 달째 이 벽들을 바라보았다고 말했다. 내가 이보다 더 잘 아는 것은 이 세상에 아무것도, 아무도 없었다. 어쩌면 아주 오래전에 거기서 어떤 얼굴을 찾아보려고 했던 것 같다. 하지만 그 얼굴은 태양의 빛깔과 욕정의 불꽃을 지니고 있었다. 바로 마리의 얼굴이었다. 나는 그것을 찾아내려고 했으나 헛수고였다. 이제는 다 끝이었다. 어쨌든 그 땀이 밴 돌덩이에서 솟아나는 것은 아무것도 본 적이 없었다.

부속 사제는 뭔가 슬픈 눈으로 나를 바라보았다. 이제 나는 완전히 벽에 등을 기대고 있었다. 햇빛이 내 이마 위로 흘러내렸다. 그가 뭐라고 말을 했지만 듣지 못했다. 그리고 그가 매우 빠른 어조로 나를 안아도 되느냐고 물었다. 나는 "아뇨"라고 대답했다. 그는 돌아서서 벽 쪽으로 걸어가서는 그 벽을 한 손으로 천천히 어루만졌다. "그래도 이토록 이 땅을 사랑한다는 겁니까?" 그가 중얼거렸다. 나는 아무 대답도 하지 않았다.

그는 꽤 오랫동안 돌아서 있었다. 그의 존재가 부담스럽고 짜증났다. 그에게 가달라고, 혼자 있게 해달라고 말하려고 했다. 그런데 바로 그때 그가 갑자기 나를 향해 돌아서면서 큰 소리로 외쳤다. "아니, 당신의 말을 믿을 수 없습니다. 분명 당신도 다른 삶을 원했던 적이 있어요." 나는 당연히 그런 적이 있다면서, 부자가 되거나 헤엄을 빨리 치거나 더 멋진 입술을 가지는 것이 가장 중요했다고 대답했다. 전부 같은 종류였다. 그러나 그는 나의 말을 끊고는 그 다른 삶을 어떻게 상상하냐고 물었다. 그러자 나는 그에게 소리쳤다. "지금의 이 삶을 떠올릴 수 있는 삶이겠죠." 그리고 곧바로 나는 그에게 그만 좀 하라고 했다. 그는 다시 하느님 이야기를 하려고 했으나 나는 그에게 다가가 나에게는 남은 시간이 없다는 것을 마지막으로 한 번 더 설명하려고 했다. 하느님 이야기로 얼마 남지 않은 시간을 낭비하고 싶지 않았다. 그는 화제를 바꾸려 하면서 왜 자신을 '신부님'이 아니라 '선생님'이라 부르냐고 물었다. 그 말에 짜증이 나서 당신은 나에게 신부님이 아니라고, 당신은 그저 다른 사람들의 편이라고 대답했다.

"그렇지 않아요." 그가 내 어깨 위에 손을 올려놓으며 말했다. "나는 당신의 편입니다. 다만 당신은 마음의 눈이 멀어서 모르는 것뿐이죠. 당신을 위해 기도하겠습니다."

그때, 왜 그랬는지 모르겠으나 내 안에서 무엇인가가 폭발했다. 나는 목청 높여 소리치기 시작했다. 그에게 욕을 했고 기도하지 말라고 했다. 나는 그의 사제복 깃을 움켜잡았다. 기쁨과 분노가 섞여 밀려들면서 나는 그에게 전부 퍼부었다. 그는 꽤 자신만만한 표정이었다. 안 그런가? 하지만 그의 신념은 여자의 머리카락 한 올보다도 못하다. 그는 죽은 사람처럼 살고 있어서 삶에 대한 확신조차 없었다. 그의 눈에 나는 아무것도 가진 게 없는 사람처럼 보일 것이다. 하지만 나는 자신감이 있고 모든 것에 대한 확신도 있었다. 신부보다 더 확신이 있었다. 나의 삶, 다가올 죽음에 대한 확신이 있었다. 그래, 나에게는 이것뿐이었다. 하지만 적어도 이 진리를 단단히 붙잡고 있었다. 그 진리가 나를 붙잡는 만큼 말이다. 내 생각은 옳았고 여전히 옳고 언제나 옳았다. 나는 이런 식으로 살았고 다른 식으로도 살 수도 있었다. 나는 이것은 했고 저것은 하지 않았다. 어떤 것을 하지 않았으나 어떤 것은 했다. 그래서? 마치 나의 정당성이 증명될 순간과 새벽을 그동안 기다리고 있었던 것 같았다. 아무것도, 아무것도 중요하지 않았다. 왜 그런지 잘 알았다. 사제도 그 이유를 알고 있었다. 이 부조리한 인생을 사는 동안 내 미래의 깊은 곳에서 한 줄기 어두운 바람이 아직 오지 않은 세월을 지나 내게로 불어오고 있었다. 더 이상 실감이 나지 않지만 내가 살았던 세월 속에서 나에게 주어진 것은 전부 그 바람이 지나가면서 모두 똑같은 것으로 만들어버렸다. 다른 사람들의 죽음이나 어머니의 사랑이 왜 내게 중요하지? 사제의 하느님, 사람들이 선택한 인생, 사람들이 선택한 운명, 이것이 왜 내게 중요하지? 하나의 운명만이 나 자신을 선택하기로 되어 있었고 나와 함께 나의 형제라고 하는 특권을 가진 수십억 명의 사람들을 선택하도록 되어 있는데 말이다. 사제는 이해했을까? 과연 이해했을까? 누구나 특권이 있었다. 특권을 가진 사람들뿐이었다. 다른 사람들도 앞으로 사형 선고를 받을 것이다. 사제도 사형 선고를 받을 것이다. 만일 사제가 살인범으로 잡히고 어머니의 장례식 때 울지 않았기에 사형을 당해도 뭐가 중요하겠는가? 살라마노의 개나 그의 아내나 가치는 똑같았다. 자동인형 같은 키 작은 여자도, 마송과 결혼한 파리 여자도, 나에게 결혼해달라고 했던 마리도 역시 죄인이었다. 셀레스트는 레몽보다 낫긴 해도 레몽 역시 셀레스트처럼 내 친구라는 것이 뭐가 중요하겠는가? 마리가 오늘 새로운 뫼르소에게 입술을 내민다고 해도 뭐가 중요하겠는가? 그러니까 사제는 이 사형수를, 내 미래의 저 깊숙한 영역을 이해하는 것일까? 나는 이 모든 말을 외치느라 숨이 막혔다. 그러나 이미 사람들은 사제를 내 손에서 떼어내고 있었고 간수들이 나를 위협했다. 하지만 사제는 간수들을 진정시켰고 잠시 나를 가만히 바라보았다. 그의 눈에는 눈물이 가득했다. 그는 돌아섰고 이내 사라졌다.

그가 나가자 나는 다시 진정되었다. 지친 나머지 침상에 몸을 던졌다. 그러고는 잠이 들었던 모양이다. 왜냐하면 눈을 뜨니 별들이 얼굴 위로 쏟아졌기 때문이다. 들판의 소리들이 나에게까지 올라왔다. 밤의 냄새, 흙냄새, 소금 냄새로 관자놀이가 시원해졌다. 모두가 잠든 여름 밤의 신비로운 평화가 밀물처럼 내 마음속에 들어왔다. 그때 밤의 저 끝에서 뱃고동 소리가 울렸다. 그 소리는 이제 나와는 전혀 상관없는 어느 세계로의 출발을 알리고 있었다. 아주 오랜만에 처음으로 엄마 생각을 했다. 엄마가 왜 생의 마지막을 앞두고 '약혼자'를 두었는지, 왜 엄마가 다시 삶을 시작하려는 놀이를 했는지 이해할 수 있을 것 같았다. 그곳, 그곳도 역시, 생명들이 꺼져가는 그 양로원 주변에서도 저녁은 우수에 젖은 휴식 시간 같았다. 죽음이 아주 가까워진 시점에 그곳에서 엄마는 해방감을 느끼며 모든 것을 다시 살아볼 준비가 되었다고 느꼈던 듯하다. 아무도, 그 누구도 엄마의 죽음에 눈물을 흘릴 권리는 없었다. 나 역시, 모든 것을 다시 살아볼 수 있을 것 같다는 생각이 들었다. 마치 그 큰 분노로 나의 고민이 씻겨 내려가고 희망이 비워진 것처럼, 신호와 별이 가득한 오늘 밤 앞에서 나는 처음으로 세상의 다정한 무관심에 마음을 열었다. 나와 너무나도 닮은 세상이 그야말로 형제처럼 생각되자 나는 전에도 행복했고 지금도 여전히 행복하다고 느꼈다. 모든 것이 완성되도록, 내가 외로움을 덜 느낄 수 있도록, 바라는 것이 있다면 내가 사형되는 날에 많은 구경꾼들이 와서 증오의 함성으로 나를 맞아주었으면 좋겠다.

# L'ÉTRANGER

## 작품 해설

죽음, 그 부조리성에 대한 반항

– 변광배(전 한국외대 교수)

**작가와 작품 주변**

《이방인》은 20세기 프랑스를 대표하는 작가·사상가 중 한 명이자 '신화'가 된 알베르 카뮈(Albert Camus: 1913-1960)의 가장 유명한 소설이다. 이 작품은 1942년에 출간되었다. 지금으로부터 팔십일 년 전의 일이다.

카뮈의 명성을 드높이고 신화 형성에 가장 큰 기여를 한 《이방인》은 현재 백여 개의 언어로 번역되었다. 이 작품은 프랑스어로 쓰인 작품 중 생텍쥐페리의 《어린 왕자》, 쥘 베른의 《해저 2만리》 다음으로 많이 읽혔다. 《이방인》은 특히 1999년 프랑스에서 20세기의 가장 훌륭한 작품으로 선정되기도 했다.

카뮈는 1913년에 프랑스의 식민지 치하에 있던 알제리에서 태어났다. 식민지 지배하에 있던 아프리카에서 태어난 유럽인들을 '피에 누아르pieds-noirs'—'검은 발'이라는 의미다—라고 하는데, 카뮈도 그중 한 명이다. 카뮈는 제2차

세계대전 중에 프랑스 본토에서 지하 레지스탕스 저널 〈콩바Combat〉에서 근무하면서 조국의 해방을 위해 노력했다.

소설가, 극작가, 에세이스트, 저널리스트, 사상가였던 카뮈는 많은 작품을 집필했다. 소설로는 《이방인》을 위시해 《페스트》, 《전락》 등이 있고, 유고집으로 출간된 《최초의 인간》 등이 있다. 극작품으로는 《오해》, 《칼리굴라》, 《정의의 사람들》, 《계엄령》 등이 있고, 《결혼》, 《안과 겉》, 《여름》 등의 에세이가 있다. 카뮈의 사상은 《시지프 신화》와 《반항하는 인간》 등에 잘 드러나 있다. 카뮈는 1957년에 노벨 문학상 수상 작가로 선정되었으나 1960년에 불의의 자동차 사고로 세상을 떠났다.

**다양한 주제**

《이방인》에 대해서는 이미 많은 해석이 시도되었다. 그런 만큼 이 작품에 대해 해석하고, 나아가 해설을 하는 작업에는 적지 않은 어려움이 따른다. 여기서는 이 작품이 갖는 풍부함을 제시하기 위해 여러 관점에서 행해진 기존의 해석들을 간략하게 소개하는 한편, 이 작품에서 가장 어렵다고 여겨지는 '부조리' 개념과 '죽음'을 연결시켜 그 의미를 살펴보면서 작품의 이해를 돕고자 한다.

《이방인》에 대한 해석들은 주로 다음의 관점들에서 이루어졌다. 사회학적 관점, 형식적 관점, 정신분석학적 관점,

탈식민주의적 관점, 철학적 관점 등이 그것이다. 철학적 관점에서의 해석에 대해서는 따로 보기로 하고, 나머지 관점들의 해석을 먼저 살펴보자.

첫 번째로 사회학적 관점에서의 해석을 보자. 이 관점에서는 주로 노인 문제, 여성 문제, 재판 문제가 다뤄진다. 노인 문제는 살라마노 영감을 통해 제시된다. 그는 개 한 마리와 외롭게 산다. 《노년》을 쓴 보부아르에 의하면, 노인은 짐이 되는 존재, 가급적 빨리 버려야 하는 쓰레기, 죽은 자와 다를 바 없는 무용한 존재 등으로 규정된다. 카뮈는 변변한 소일거리조차 없이 무기력하게 지내는 살라마노 영감을 통해 노인 문제에 대해 경종을 울리고 있다.

여성 문제 역시 주목을 끈다. 카뮈의 전 작품에서 여성의 비중이 크지 않다는 점은 자주 지적된다. 예컨대 《페스트》에서도 여성은 거의 등장하지 않는데, 《이방인》에서도 마찬가지다. 다만 이 작품에서는 레몽이 그의 내연녀를 구타하고 괴롭히는 행위를 통해 여성 문제의 심각성이 부각되고 있다.

《이방인》에서 제기되는 사회 문제 중 하나는 재판이다. 아랍인 살해로 재판을 받는 뫼르소는 이 죄목에 대해서만 법의 심판을 받아야 마땅할 것이다. 하지만 예심판사나 검사 같은 이들은 뫼르소의 '살인'이 아니라 오히려 '뫼르소'라는 인간 자체를 심판하려 든다. 그들은 무신론자이자 어

머니 장례식에서 상주喪主다운 태도를 보이지 않았다는 이
유로 뫼르소를 살인을 저지르도록 '예정된' 자로 규정하고
단죄하려 한다. 요컨대 그들은 뫼르소의 '실존'이 아니라
'본질'을 앞세워 그를 재판하고자 한다.

　뫼르소에 대한 이런 재판은 '프로크루스테스의 침대
Procrustean bed'를 연상케 한다. 그리스 신화에 따르면 프로크
루스테스는 지나가는 나그네를 자기 집으로 유인해 쇠로
만든 침대에 눕히고, 침대 길이보다 짧으면 다리를 잡아 늘
리고 길면 자르는 방법으로 죽이는 강도이다. 이렇듯 카뮈
는 재판을 통해 죄를 지은 뫼르소가 아니라 기득권자들에
의해 살인 예정자로 '재단裁斷된' 뫼르소를 재판한다는 심각
한 문제점을 고발하고 있다.

　두 번째로 형식적 관점에서의 해석을 보자. 《이방인》은
두 가지 이유로, '태양의 소설' 또는 '정오正午 사상'을 구현
하고 있는 소설로 여겨진다. 뫼르소가 태양 때문에 살인
을 저질렀다는 이유와 이 작품의 구조가 정오에 하늘 한복
판에 떠 있는 태양을 중심으로 양쪽이 대칭 구조인 것처럼
1부와 2부가 대칭을 이루고 있다는 이유가 그것이다. 거기
에 카뮈의 삶에서 태양이 지니는 중요성을 덧붙여야 할 것
이다.

　《이방인》은 실제로 1부(6장)와 2부(5장)로 구성되어 있
으며, 그 분량도 비슷하다. 1부는 약 십팔 일 동안의 이야

기를, 2부는 약 일 년 동안의 이야기를 중심으로 전개된다. 하지만 모든 사건은 6월, 7월에 일어난다. 1부는 일기 형식, 2부는 회고 형식으로 되어 있으며, 1, 2부의 공통점은 일인칭 시점으로 서술되어 객관성을 중요시하고 있다는 점이다. 이는 뫼르소에게 가장 중요한 것은 진실을 말하는 것이라는 점과 무관하지 않다. 소설 구성의 주요 요소 중 하나인 인물은 전통적인 인물의 모습에서 크게 벗어나 있다. 전통적인 소설에서와는 달리 뫼르소의 성장 과정, 용모, 가족관계, 직업, 재산, 성격 등이 거의 제시되고 있지 않다.

《이방인》에서 볼 수 있는 형식상 가장 획기적인 점은 '소설의 시제'로 불리는 '단순과거passé simple' 대신에 '복합과거passé composé'가 사용되었다는 사실이다. 단순과거는 과거의 한 행위가 현재에 영향을 주지 않는 경우에 사용되는 시제이다. 주로 역사적인 사건 등을 기록하는 문어체에서 사용된다. 반면에 복합과거는 주로 구어체에서 사용되는 시제이며, 과거의 한 행위가 현재까지 영향력을 행사하는 경우에 사용된다.

소설은 여러 사건의 연속이다. 이런 소설이 진행되기 위해서는 한 사건이 완전히 종결되고 그다음 사건이 이어져야 한다. 프랑스 소설의 경우에는 앞의 사건이 완전히 끝났음을 보여주기 위해 단순과거 시제가 사용된다. 영화나 드라마 등에서 한 사건이 완전히 끝나게 되면, 카메라가 '하늘'을 비추거나 또는 '그로부터 십 년 후' 등과 같은 자막을 넣어 다음 사건으로 넘어가는 것과 같은 기법이다. 그런데 카뮈는 《이방인》에서 이와 같은 전통적 소설의 시제인 단순과거를 사용하지 않고 복합과거 시제를 사용하는 혁명적인 모험을 감행하고 있다.

아울러 《이방인》에서 '상호텍스트성intertextualité' 개념이 잘 활용되고 있음을 지적하자. 상호텍스트성에는 모든 텍스트는 인용의 모자이크로 이루어졌으며, 다른 여러 텍스트의 흡수이자 변형이라는 의미가 담겨 있다. 이 개념에서 'inter-'는 '사이', '상호' 등의 의미를 가진 접두어이고, 'textualité'는 어원적으로 '짜다tisser', '직조tissage' '천textile' 등의 의미와 가까운 'texte'에서 파생된 단어이다. 상호텍스트성은 그 어떤 텍스트도 '무로부터ex nihilo' 생산된 것이 아니라 기존의 텍스트들에 기대어 생산된 것임을 보여준다.

카뮈도 《이방인》에서 직·간접적으로 여러 텍스트를 흡수 및 변형시키고 있다. 카뮈 자신이 이것을 구체적으로 밝히고 있지는 않다. 하지만 《이방인》에서 다음과 같은 텍스트의 흔적을 볼 수 있다. 스탕달의 《적과 흑》, 도스토옙스키의 《죄와 벌》, 카프카의 《성》, 사르트르의 《구토》 등의 흔적이 그것이다. 그 외에도 《이방인》에 녹아들어 있는 다른 많은 텍스트의 흔적을 찾아낼 수 있을 것이다.

세 번째로 정신분석학적 관점에서의 해석을 보자. 정신분석학에서 물은 보통 생명을 상징한다. 인간의 경우에 물은 그의 생명이 잉태된 어머니의 자궁으로의 회귀 본능과 무관하지 않다. 이런 시각에서 뫼르소가 어머니의 장례를 치르고 해수욕을 즐긴 것과 아랍인을 살해하기 전에 바닷가 바위틈에 있는 샘에 다가가고자 한 행위의 정신분석학적 의미를 어렵지 않게 짐작할 수 있다.

또한 《이방인》에서 중요한 소설적 장치로 등장하는 태양은 정신분석학적으로 아버지, 권력, 진리, 파괴 등과 연결된다. 뫼르소가 바닷가 바위틈에 있는 샘에 접근하고자 하는 것은 뜨거운 태양을 피하기 위함이다. 이런 점을 고려하면 《이방인》에서 다음과 같은 오이디푸스 콤플렉스 구조를 도출할 수 있다. '아버지-태양', '어머니-바다(샘)', '아들-대지'의 구조가 그것이다. 프로이트의 오이디푸스 콤플렉스 개념을 빌자면 《이방인》에서 '어머니-바다(샘)'를 소유하고자 하는 '아들(뫼르소)-대지'가 '태양-아버지'에 의해 거세·처벌되는 것으로 해석될 수 있다. 이와 관련해 '뫼르소'의 프랑스어 표기가 'Meursault'라는 것은 사뭇 흥미롭다. 이 단어는 '살인Meurtre'와 '태양Soleil'의 결합어 또는 '바다'를 뜻하는 'Mer' 또는 '어머니'를 뜻하는 'Mère'(Mer와 Mère의 발음이 같다)와 '태양'을 뜻하는 'Soleil'의 결합어와 유사하다.

여기에 더해 다음과 같은 라캉의 정신분석학적 해석도 유력하다. 라캉은 인간의 무의식을 크게 상상계, 실재계, 상징계로 구분한다. 《이방인》에서 뫼르소를 '이방인'으로 여기는 자들은 '법'에 의지하는 자들, 자신들의 언어와 행동을 '정상normal'이라고 생각하는 자들, 신의 섭리에 기대는 자들 등이다. 라캉에 의하면 이와 같은 법, 정상적인 언어와 행동, 신의 섭리 등은 모두 인간의 욕망을 제어하고 통제하는 '상징계'의 또 다른 이름이다.

그런데 모든 사회는 질서 유지를 구실로 그 구성원들의 욕망을 이와 같은 상징계 속에 가두어 통제하고자 한다. 하지만 인간의 욕망은 무한하다. 그리고 이런 무한한 욕망은 언제고 실재계에서 상징계로 넘쳐흐를 수 있다. 가령, 고속도로에서는 제한 속도가 시속 백십 킬로미터로 정해져 있지만, 승용차를 운전하는 자는 그 이상의 속도로 달리면서 자신의 욕망을 충족시키고자 할 수 있다. 물론 제한 속도를 지킨다면 교통법규를 위반하는 행위, 즉 상징계를 교란하는 행위는 발생하지 않을 것이다.

하지만 운전자가 가속 페달을 밟아 시속 백십 킬로미터를 넘어 교통법규를 위반하는 순간, 즉 상징계의 경계를 돌파하는 순간, 그는 또 다른 속도의 세계인 쾌락이 증가하는 세계가 있음을 알게 된다. 그런 만큼 그는 차의 속도를 더 올리려 할 수도 있다. 속도를 높이는 행위에는 지배욕, 소유욕, 과시욕 등이 충족되면서 나타나는 쾌락이 수반된다. 그러나 지나치게 속도를 올리는 경우 그는 사고의 위험, 곧 죽음이라는 위험에 직면할 수 있다. 정신분석학에서 타나토스와 쾌락은 분리가 불가능하다. 여름에 하루살이가 죽을 줄 모르고 밝은 불빛을 향해 돌진하는 것처럼 말이다.

이렇듯 차의 속도를 올리고자 하는 운전자처럼 한 사회에서 '법'이라는 상징계의 장치를 이용해 그 구성원들의 욕망을 통제하는 것에 대해 그들 중 일부는 '그것만이 다가 아니다pas-toute'라고 외칠 수 있다. 다시 말해 지금 여기에서 볼 수 있는 사회, 법, 제도 등이 유일한 것, 최후의 것이 아니라는 사실에 눈을 뜰 수 있다. 그러면서 그들은 자신들의 욕망을 더 많이 충족시킬 수 있는 또 다른 사회, 법, 제도 등이 가능하다는 사실을 자각하게 된다. 그 순간에 상징계로 흡수되지 못한 실재계의 잉여적 요소가 상징계로 흘러들게 된다. 그로 인해 기존의 상징계에 '얼룩'이 나타나고 '틈', 즉 균열이 발생하게 된다. 한 사회에서 이런 역할을 담당하는 자들은 주로 문학과 예술에 종사하는 자들, 시대의 감수성을 최전방에서 온몸으로 느끼는 전위대들, 즉 아방가르드들, 곧 종종 비정상으로 여겨지는 자들이라고 할 수 있다.

《이방인》에서 뫼르소가 정확히 기존 사회 상징계의 경계를 찢고 무너뜨리는 단초를 제공하는 상징계에 드리워진

'얼룩', 그로 인해 발생하는 '틈', 즉 균열에 해당한다고 할 수 있을 것 같다. 그의 사고방식, 언어, 행동 등은 그 자체로 그가 몸담고 있는 사회에 대한 '그것만이 다가 아니다'라는 외침, 곧 이의 제기에 해당한다. 그는 그 사회의 권력, 법, 제도, 언어, 종교 등의 입장에서 보면 '오염된', '적합하지 않은', '길들여지지 않은', 다시 말해 '비정상적인' 존재로 규정될 수밖에 없다.

이런 의미에서 뫼르소는 그가 속한 사회에 이의를 제기하는, 그렇게 함으로써 그 사회가 조금씩 변하게 하는 불온성을 가진 인물, 곧 잉여의 존재, 얼룩, 틈, 균열이 발생하게 하는 존재, 그러니까 '이방인'이라고 할 수 있다. 이와 관련해 《이방인》에서 아주 인상 깊은 장면 중 하나는 뫼르소의 재판에 참여했던 배심원들이 부채를 부치는 장면으로 보인다. 처음에는 그들이 부치는 부채의 방향은 제각각이었다. 하지만 시간이 지나면서 그들은 일제히 같은 방향으로 부채질을 한다. 이는 뫼르소를 단죄하는 재판정을 지배하고 있는 법, 거기에 있는 자들의 사고방식, 거기에서 사용되고 있는 언어 등 그들의 욕망을 통제 및 제어하는 상징계가 획일적이고 일사불란하게 가동되고 있다는 것을 상징적으로 보여준다고 하겠다.

넷째, 탈식민주의적 관점에서의 해석을 보자. 《오리엔탈리즘》의 저자로 잘 알려진 에드워드 사이드는 《문화와 제

국주의》에서 카뮈를 비판한 바 있다. 비판의 이유는, 카뮈 자신이 '피에 누아르'에 속하면서도, 즉 식민지 지배하에 있던 알제리에서 태어났음에도, 또 그렇기 때문에 식민 지배의 폐해를 가까이에서 지켜보았음에도, 알제리의 해방을 위해 그가 할 수 있고, 또 해야만 하는 노력을 충분히 하지 못했다는 것이다. 물론 카뮈가 알제리의 독립을 위해 열심히 노력한 것은 부인할 수 없다. 하지만 사이드는 카뮈에게 그가 했던 노력보다 더 가열찬 노력을 하지 못한 것을 비판하고 있다.

이와 관련해 2013년에 알제리 국적의 카멜 다우드가 소설 《뫼르소, 살인 사건》—원제목은 Meursault, contre-enquête로 '뫼르소, 재조사'라는 의미이다—을 출간한 것은 흥미롭다. 이 소설에서는 《이방인》에서 뫼르소에게 살해된 아랍인의 동생을 주인공으로 내세워 이 작품의 내용을 완전히 전복시키고 있다. 이런 종류의 소설 출간은 그 자체로 《이방인》에 대한 탈식민주의적 관점에서의 해석과 그 궤를 같이하는 것으로 보인다.

**죽음의 부조리성과 반항**

이제 《이방인》에 대한 철학적 해석에 주목해보자. 여기서 철학적 해석이라 함은 카뮈의 철학을 토대로 행해진 《이방인》에 대한 해석을 의미한다. 흔히 이런 류의 소설을

'roman à thèse', 곧 '주제소설' 또는 '경향소설'이라고 한다. 《이방인》의 경우에는 작품의 철학적 해석을 위해 1943년 출간된 《시지프 신화》를 주로 참고한다.

카뮈의 사상과 문학은 크게 세 시기로 구분된다. 첫 번째 시기는 '부조리의 시기'이다. 《이방인》, 《시지프 신화》, 《오해》, 《칼리굴라》 등이 이 시기에 속한다. 두 번째 시기는 '반항의 시기'이다. 이 시기에는 《정의의 사람들》, 《계엄령》, 《페스트》, 《반항하는 인간》 등이 속한다. 세 번째 시기는 '사랑의 시기'이다. 카뮈 사후에 유작으로 출간된 《최초의 인간》이 여기에 속한다. 이 시기는 카뮈의 죽음으로 인해 완전히 실현되지 못했다.

《이방인》은 부조리의 시기에 속하고, 이 작품은 카뮈의 《시지프 신화》에서 전개된 부조리 개념을 문학적으로 형상화하고 있는 주제소설 또는 경향소설로 볼 수 있다고 했다. 그렇다면 《시지프 신화》에서 전개되고 있는 '부조리'는 어떤 개념일까? 또 이 개념은 《이방인》에서 어떻게 문학적으로 형상화되어 있는가? 물음에 답하기 위해 여기서는 《이방인》에 나타난 세 종류의 죽음에 특히 주목해 볼 것이다.

먼저 부조리 개념을 보자. 카뮈는 《시지프 신화》에서 '부조리absurde'를 절연絕緣, 이혼의 감정으로 규정한다. 무신론자인 카뮈에게서 절대의 의미를 갖는 것은 '세계'와 '인간' 사이의 조화와 화해이다. 인간은 이 세계와의 이런 관계 속에서 행복을 느낀다. 그러다가 갑자기 '왜'라는 의문이 들면서 이 세계와 인간 사이가 단절되었다는 느낌을 받는 순간이 있다. 보통의 경우 이 세계는 인간의 질문을 받고 답을 준다. 하지만 어느 순간 답이 주어지지 않는 때가 있다. 아니, 이 세계는 항상 답을 준다. 인간이 그 답을 듣지 못하는 것뿐이다. '부조리'에 해당하는 프랑스어 단어 'absurde'에는 '귀가 먹은', '들리지 않는' 등의 의미를 가진 'sourd'가 포함되어 있다. 어쨌든 이 세계로부터 답이 주어지지 않는 순간, 인간은 아연俄然함을 느낀다. 그리고 그 순간에 주위의 익숙했던 이 세계라는 무대장치가 무너져 내리는 것을 감지하게 되고, 이 세계의 낯섦을 확인한다. 카뮈에 의하면 이것이 부조리의 첫 징후이다.

하지만 두 가지 사실에 유의하자. 하나는 인간이 항상 부조리를 느끼는 것은 아니라는 사실이다. 다람쥐 쳇바퀴 돌듯 반복적이고, 기계적이며, 관성적인 삶을 살아가는 동안에 인간은 부조리를 느끼지 못한다. 부조리를 느끼기 위해서는 일상성에 매몰된 상태에서 벗어나서 명석한 정신을 유지해야 한다. 부조리는 그것을 느낀 인간의 삶이 질적으로 도약할 수 있는 계기가 될 수 있다. 다른 하나는 인간이 매 순간 부조리를 느낀다는 것은 정신 질환에 해당할 수도 있다는 사실이다. 그렇지 않은가? 매 순간이 세계와 단절되고 분리되어 있는 것 같은 감정의 연속이라면, 이런 상태는 오히려 정신 질환에 가까울 것이다.

　이런 이유로 카뮈는《시지프 신화》에서 부조리를 느끼고 난 뒤에 그 극복의 필요성에 주목한다. 방법으로는 자살, 종교에의 귀의, 반항이 제시된다. 카뮈에 의하면 자살은 부조리 극복을 위한 진정한 방법이 못 된다. 부조리를 느끼기 위해서는 세계와 인간이라는 두 항項이 필요한데, 자살은 두 항 중 하나인 인간의 사라짐을 의미하기 때문이다. 종교도 부조리 극복을 위한 진정한 방법이 못 된다. 초월적 존재를 가정하는 종교를 통한 희망은 그저 희망에 머무를 뿐, 이런 희망으로 인해 세계가 변하는 경우는 없으며, 특히 내세에서의 지복을 강조하는 종교는 신앙 차원에 머물고 만다는 것이 카뮈의 주장이다.

　카뮈는 부조리를 극복하는 진정한 방책으로 반항을 제시한다. 그는 데카르트의 코기토cogito를 패러디해서 "나는 반항한다. 그러므로 나는 존재한다Je me révolte, donc je suis."라고 주장한다. 물론 카뮈는 후일 "나는 반항한다. 그러므로 우리는 존재한다Je me révolte, donc nous sommes."고 주장하면서 '고독한solitaire' 인간에서 인간들 사이의 '연대적인solidaire'인 화해, 유대, 공존의 가능성을 제시한다.

　그렇다면 카뮈가 이처럼 부조리의 진정한 극복책으로 제시하고 있는 '반항révolte'은 무엇인가? 카뮈에 의하면 반항은 단절되어 부조리를 태어나게 했던 이 세계와 인간 사이의 재결합으로 제시된다. 반항은 인간이 이 세계를 다시 꽉 껴안음으로 이해된다. 이 세계와의 단절된 관계를 어떻게든 다시 회복하는 것이 관건이다. 바꿔 말해 이 세계와의 관계가 어떻든 간에 인간은 이 세계에서 최선을 다해 살아야만 한다.

바로 거기에 《시지프 신화》의 주인공 시지프의 이야기가 자리한다. 이 단계에서 한 가지 질문이 제기된다. 대체 카뮈는 왜 시지프에 주목했을까? 답을 먼저 하자면, 카뮈의 눈에는 시지프가 '삶'을 상징하기 때문이다. 신화에 의하면 시지프는 지상에서 가장 현명하고 신중한 인간이다. 그는 죽어서 명계冥界에 갔다가 그곳을 벗어난 유일한 인간이다. 시지프는 죽기 전에 아내에게 자기가 죽거든 장례식을 치르지 말고 그냥 버려두라고 말한다. 그리고 시지프는 죽어서 명계를 주관하는 하데스에게 지상에서의 억울한 일을 하소연하면서 자기에게 장례식도 치러주지 않은 아내의 죄를 추궁하고 돌아오겠다고 말하고 명계를 빠져나오는 데 성공하고 다시 그곳으로 돌아가지 않는다. 이에 화가 난 하데스가 시지프를 붙잡아 산꼭대기까지 밀어 올리면 다시 굴러떨어지는 바위를 계속 산꼭대기까지 밀어 올려야 하는 벌을 내린다.

이 신화에서 주목해야 할 점은 바로 시지프가 죽음에서 벗어났다는 사실이다. 그러니까 시지프는 바위를 힘들게 산꼭대기로 밀어 올리는 동안만큼은 살아 있는 것이다. 비록 바위를 밀어 올리는 일이 힘들기는 해도 그렇다. 카뮈의 문학을 이해하는 데 있어서 한 가지 유력한 방법은 '죽음'이라는 주제를 통해 입문하는 것이다. 그의 작품에는 수많은 죽음이 등장한다. 이런 죽음과 관련해 카뮈 자신이 젊었을 때 그 당시로는 불치의 병이었던 폐결핵을 앓았다는 사실, 곧 그가 죽음 가까이에 있었다는 사실에 유념할 필요가 있다. 이런 자신의 체험이 투사된 결과일까? 카뮈의 문학 작품의 도처에 죽음이 놓여 있다.

그런데 카뮈에게서 죽음에 대한 언급은 역설적으로 '삶'에 대한 찬가에 다름 아니다. 죽음에 대한 언급의 빈도수가 많아지면 많아질수록 삶에 대한 열망은 비례해서 더 커지고 더 뜨거워진다. 카뮈가 시지프 신화에 주목한 이유를 상기하자. 《이방인》도 예외가 아니다. 이 작품은 세 종류의 죽음이 작품의 시작 부분, 중간 부분, 마지막 부분에 배치되어 있다. 어머니의 자연사, 뫼르소의 아랍인 살해, 뫼르소의 사형이 그것이다. 카뮈는 어떤 의도로 이런 배치를 택했을까? 이런 배치는 죽음의 부조리성을 강조하기 위함으로 보인다. 그러니까 이런 배치는 이 세계에 있는 살아 있는 모든 존재는 왜 반드시 죽어야 하는가에 대한 성찰의 계기를 마련하기 위함으로 보인다.

인간은 죽음을 의식하고 성찰할 수 있는 유일한 존재임

에도 불구하고 평소에는 일상성에 함몰되어 죽음에 대해 거의 생각하지 못한다. 《이방인》에서도 사정은 동일하다. 아직 젊고 건강한 뫼르소에게 죽음은 아득하고 먼 일이다. 어머니가 양로원에서 돌아가셨지만 뫼르소가 죽음의 부조리성을 깨달은 것이 아니다. 아랍인을 살해하고서도 마찬가지다. 하지만 이 작품의 마지막 부분에서 뫼르소는 자신의 죽음을 앞에 두고 죽음이 가진 부조리성을 자각하기에 이른다.

이 단계에서 하나의 중요한 질문이 제기된다. '죽음의 부조리성을 깨달은 뫼르소는 왜 항소를 하지 않았을까?'라는 질문이 그것이다. 항소를 했더라면 그는 감형을 받아 사형을 면할 수도 있었을 것이다. 하지만 그는 항소를 하지 않고 죽음을 선택했다. 이와 같은 그의 '자살적 죽음'을 어떻게 설명할 수 있는가? 산꼭대기로 밀어 올려도 다시 굴러 떨어지는 무거운 바위를 계속 밀어 올리는 반항 속에서 살아 있음의 환희를 확인하는 시지프와는 달리 뫼르소는 왜 삶의 기회를 스스로 포기하는가? 모든 수단을 강구해 살아남았어야 하지 않은가?

이런 질문들과 관련해 다음과 같은 두 가지 사실은 의미심장하다. 하나는 부조리를 각성하지 못하는 인간의 삶의 가치는 0에 가깝고, 따라서 그가 이런 삶을 아무리 오래 산들 그의 삶의 가치는 0에 가깝다는 사실이다. 다른 하나는 그와 반대로 부조리를 각성한 삶의 가치는 무한대∞에 가깝고, 따라서 육 개월을 살든 일 년을 살든 간에 그 삶의 가치는 무한대에 가깝다는 사실이다. 사형을 앞두고 부조리를 각성한 뫼르소는 두 번째 경우에 해당된다고 할 수 있을 것이다. 때문에 그는 '행복'을 느끼며 형장으로 나아갈 수 있었을 것이다.

이런 측면에서 보면《이방인》의 마지막 부분은 특히 주목할 만하다. 죽음과 완전히 대립되는 단어들, 곧 새로운 출발, 삶, 생명에 관련된 단어들이 폭포수처럼 솟아오른다. 뫼르소는 어머니가 생명들이 꺼져가는 양로원에서 약혼자를 두는 것처럼, 왜 다시 삶을 시작하려는 놀이를 했는지를 이해한다. 또한 뫼르소는 이 세계의 다정한 무관심에 마음의 문을 연다. 그러면서 이 세계와의 행복한 재결합, 곧 '결혼'의 시작을 알린다. 그리고 뫼르소는 마지막에 그의 사형이 집행되는 날에 많은 사람이 그를 '증오의 함성'으로 맞아주길 바란다. 그런데 왜 증오의 함성일까? 뫼르소는 그들의 증오의 함성 속에서 죽을 때까지 매 순간 치열하게 살아가겠다는 그들 모두의 실존적 결단을 확인하고 싶어 하지 않았을까?

**지은이**  알베르 카뮈

1913년, 알제리의 몽도비에서 아홉 남매 중 둘째로 태어났다. 포도 농장 노동자였던 아버지가 제1차 세계대전 중에 사망한 뒤, 가정부로 일하는 어머니와 할머니 아래에서 가난하게 자랐다. 1918년에 공립초등학교에 들어가 루이 제르맹의 가르침을 받았고, 이후 장학생으로 선발되어 알제대학 철학과에 입학해 장 그르니에를 만나 많은 가르침을 받는다. 1934년, 장 그르니에의 권유로 공산당에도 가입하지만 내적 갈등을 겪다 탈퇴한다.

1942년에 《이방인》을 발표하면서 이름을 널리 알렸으며, 같은 해에 에세이 《시지프 신화》를 발표하여 철학적 작가로 인정을 받았다. 《오해》, 《칼리굴라》 등을 발표하며 극작가로서도 왕성한 작품 활동을 하다가, 1947년에는 칠 년여를 매달린 끝에 탈고한 《페스트》를 출간해 '비평가상'을 수상했고, 1951년에는 공산주의에 반대하는 내용을 담은 《반항하는 인간》을 발표했다.

1957년에 마흔네 살의 젊은 나이로 노벨 문학상을 받으며 대문호의 반열에 올랐으나, 1960년에 가족과 함께 프로방스에서 크리스마스 휴가를 보낸 후 친구가 운전하는 차를 타고 파리로 돌아오던 중 빙판길에 차가 미끄러지는 사고로 생을 마감하게 된다. 사고 당시 카뮈의 품에는 발표되지 않은 《최초의 인간》 원고가, 코트 주머니에서는 사용하지 않은 전철 티켓이 있었다고 한다. 《이방인》 외에도 《표리》, 《결혼》, 《정의의 사람들》, 《행복한 죽음》, 《최초의 인간》 등을 집필했다.


**해설**  변광배

한국외국어대학교 프랑스어과 같은 학교 대학원을 졸업했으며, 프랑스 몽펠리에3대학에서 불문학 박사학위를 받았다. 한국외국어대학교 미네르바 교양대학 교수를 역임하고, 현재 프랑스 인문학 연구 모임 '시지프'를 이끌고 있다. 지은 책으로는 《존재와 무: 자유를 향한 실존적 탐색》, 《제2의 성: 여성학 백과사전》, 《사르트르의 '문학이란 무엇인가' 읽기》 등이 있고, 옮긴 책으로는 《자살: 사회학적 연구》, 《지식인의 아편》, 《롤랑 바르트, 마지막 강의》, 《사르트르 평전》, 《레비나스 평전》(공역), 《데리다, 해체의 철학자》(공역), 《사르트르와 카뮈: 우정과 투쟁》(공역) 등 다수가 있다.


**옮긴이**  이주영

숙명여자대학교에서 불어불문학을, 한국외국어통번역대학원 한불과에서 번역을 전공한 후 출판번역 모임인 바른번역에서 회원 번역가로 활동하며 불어권 도서의 리뷰와 번역을 맡고 있다. 주요 역서로는 《거울앞 인문학》, 《재미있는 예술백과》, 《베르나르 베르베르 인생소설》, 《내 주위에는 왜 멍청이가 많을까》, 《모두 제자리》, 《인간 증발-사라진 일본인들을 찾아서》, 《기운 빼앗는 사람, 내 인생에서 빼버리세요》 등이 있다.